# 小船三年又三年

上集

二八槓 著

高寶書版集團

# 目錄
CONTENTS

# 第一章　三年又三年

C大校園內，柔軟的朝陽日光，被風吹得起皺的湖，行道兩邊浪漫的梧桐。

鏡頭一轉，文學院內，教學大樓的臺階上坐著個長髮女孩，白色細肩帶長裙加上長袖外搭，陽光落在她身上，襯得整個人柔和安寧。

她的語調輕輕上揚，聲音裡帶著輕鬆的笑意：「文學院等你。」

「OKOK，謝謝學姐！」

對面的男生收起設備，朝林以然鞠躬：「仙女下凡辛苦了！」

林以然從臺階上站起來，笑笑說：「我看別的學校招生影片各顯神通，但我確實沒什麼才藝能展示了，只能這樣。」

「不需要！學姐氣質無敵，我們這是四兩撥千金！」男生欣賞著剛才錄的影片，十分滿意，「再說那些交給其他學院，體育學院都玩出花來了，我們文學院就要以不變應萬變。」

男生是學生會宣傳部的，他們大一剛入學時林以然帶過他們軍訓，所以說起話來很熟。他找了林以然好幾次，請她幫忙錄一段，到時候剪進招生影片裡，林以然剛開始讓他去找大學部學生錄，男生以找不到適合的為由死活央求她，林以然只能同意。

「等剪出來我傳給妳看。」男生笑嘻嘻地說。

「好，那我就先走了？要是效果不好你再找個學生錄。」林以然說。

「不可能效果不好，」男生又誇張地對林以然鞠一躬，「改天我請學姐吃飯！」

林以然和他擺手：「飯就不用了，忙。」

「請妳吃飯太難了姐！」

林以然背著包走了，聞言回頭笑著說：「沒錯，難約得很。」

「是是是，女神都這樣！」男生肯定地說。

這天是週末，林以然原本今天休息，她從宿舍出來是準備去聽一場講座，要拍影片的男生早上傳訊息給她，林以然便約他出來，先讓他拍完。

講座是一位外校教授來校做新書分享。這位教授是林以然相當敬仰的一位學者，書她已經買了，只是還沒到手上。

林以然一直挺喜歡聽講座的，聽不同的學者站在各自的角度表達自己的觀點，能引發很多思考。

室友都結伴出去玩了，覺得聽講座無聊。林以然一直是寢室裡最不愛玩的那個，她從小性格就沒那麼活潑愛動，到了大學顯得文靜過了頭，室友有時嫌她悶。

其實也算不上悶，該參與的活動都有參與，該加的社團也都加了，只是跟同齡人比起來她沒那麼愛熱鬧，更喜歡看書，也喜歡寫東西。

當時在愛玩愛鬧的大一新生裡，林以然顯得氣質有些不一樣，比同年級生更成熟，身上總有些若有似無的憂鬱感。加之長相出眾，成績拔群，因此文學院男生公認的女神一直沒換過人。從大一到大四，一直到現在已經研二了，說起要錄招生影片，提起文學院第一個想到的就是她。

講座安排在一個不大不小的會議廳，教授還沒到，幾百人的會議廳幾乎座無虛席，林以然本打算去後面找個空位，卻聽到前面有人叫她。

「以然，這裡。」

林以然看過去，看到方庭昭站起來朝她招手。

方庭昭跟林以然同屆，是經濟學院方副院長的兒子，研究所跟林以然同科系不同指導教授。方庭昭也算得上學校裡一位風雲人物，大學時期上過詩詞類電視節目，在節目裡表現突出，圈了不少粉，影片片段在網路上流傳了好一陣子。但他沒借著熱度開社群或者其他平臺帳號，可能骨子裡帶著點文人的清高，看不上那些，所以現在網路上很少有人提起了，但在校園裡仍算是名人。

林以然走過去跟他打招呼：「你也來啦？」

「今天正好在學校，就來聽聽。」他往旁邊讓了讓，把身邊位子讓出來，示意林以然坐，「這還有個位子，妳坐。」

周圍有認識他們的學生，曖昧地笑著起鬨。

這一對在學院裡很有話題，拋開各自本身的優秀和風頭不提，方庭昭追過林以然，這不算什麼祕密。

方庭昭碩士第一學期末的同門聚會上，師兄玩笑著問他有沒有喜歡的女生，方庭昭當即坦然承認自己傾慕林以然。

他大學不是在本校讀的，他第一次見林以然是在碩士開學後的學院大樓裡，當時林以然頭髮盤起，穿著一件長長的裙子，笑著和其他人說話。林以然是在本校保送研究所讀上來的，因此和很多人都很熟悉。那時她說話間目光掃過方庭昭，便禮貌地和他笑了笑，抬手打了招呼。

都在同科系，接觸多了更是深受吸引，到如今方庭昭雖然沒有直接向林以然表白過，周圍的人卻都在幫兩人湊對。

「我讓人占了座位，沒事，不麻煩了。」林以然笑著和他說，還大方地跟周圍眼熟的學妹打招呼。

方庭昭沒再多說，林以然便對他擺擺手，自顧自往後面去了。

來聽講座的大部分都是文學院的學生，教授不在學校的時候林以然代過課，所以很多人認識她。

她走到後排，剛才朝前面看著的女生擠擠旁邊的同伴，朝林以然招手：「學姐，這裡！」

林以然和她對上視線，笑了下。

這個女生是林以然代過課的一個班級的班代，今年大三，也想當林以然導師的碩士生，因此向林以然問過很多相關的事，兩人還加了聊天軟體好友。

林以然坐下後小聲和她說謝謝。

「客氣什麼呀，學姐。」女生坐在她身邊顯得有些侷促，視線情不自禁落在林以然臉上。

林以然不算傳統意義上濃眉大眼的美女，她長得清秀，皮膚很白，臉上還有星星點點幾顆小痣。目光垂下去的時候睫毛會很有存在感地遮下來，再抬起時讓人心裡起一點小小的漣漪。

「學姐，妳真好看。」旁邊的女生情不自禁地說。說完還有點不好意思地笑了笑。

「妳也漂亮啊，眼睛這麼大，不化妝都有靈氣。」林以然笑笑說。她說話總是很從容，語速不是很快，整個人真誠又很溫柔。

講座氣氛很好，教授講慣了課，加之這不是學術講座，因此整體很輕鬆，現場時不時被他逗得笑聲一片。

林以然低頭偶爾記幾句話，臉上始終掛著淡淡的笑。旁邊的女生會小聲和她說話或向她請教，說話間視線總是落在她臉上。

怪不得以然姐從不落神壇，誰看了不心動啊。女生心裡想。

講座快結束時，林以然手機收到訊息，她點開看了一下，回覆：『好，知道了。』

講座結束後林以然和學妹們笑著道了別，特地收拾了一下才離開，她走時會議廳裡已經沒多少人了。

沒想到方庭昭還在門口等她。

林以然有些意外，方庭昭問她：「中午有安排嗎？一起吃飯？」

林以然朝他晃晃手機，說：「不吃啦，我有點事。」

方庭昭又問：「要出去？」

林以然點點頭：「對。」

「那我送妳？」方庭昭說。

「不用不用，我叫個車就行。」林以然笑笑，「你是大忙人，不麻煩你了。」

方庭昭也不糾纏，只跟林以然一起走了一段，到了路口，林以然回宿舍，方庭昭去停車場。

林以然在學校這些年，從沒單獨跟男生吃過飯，追求者是不少，然而至今沒有一個約成過。

都說林以然是文學院的高嶺之花，這幾年連一個曖昧對象都沒傳過。人雖親和，對誰都和和氣氣，可也相當難約。

然而兩小時後——

一間不大不小的兩房屋子內，窗簾通通拉起，外面的日光遮了大半，房間裡只剩下從窗簾縫隙間透過來的一條光線。

林以然被人壓在門後，脖頸高高揚起，如天鵝般漂亮瓷白。右耳下方一寸的位置有顆小痣。林以然閉著眼睛，對方灼人的呼吸噴在她頸側，捏著她下巴的是一隻很髒的手。周圍有她身上的香水味、有男人身上的汗味，混捲在一起，勾纏得狼狽不堪。

「邱行——」林以然蹙眉叫他，說：「有點疼。」

身前的人抬眼看著她，眼裡掠奪意味明顯。

林以然身上的白裙子已經被染得很髒，男人手上滿是油污，潔白的裙子被他蹭得汙跡一片。

就像眼前的林以然。

所謂的文學院女神，傳言中的高嶺之花，在外面端得一片清高，卻在幾年前就和眼前的人達成了一場不清不白的約定。

房間裡的窗簾遮了整個下午，林以然上午幫忙錄招生影片時的潔白整齊已然不在，頭髮凌亂，身上裙子更是皺得不能看。臉上的淡妝有些花了，眼睛紅紅的。

屋子裡的另外一人在洗澡，水聲隔著門傳出來。林以然睏極累極，卻不能就這麼邋遢地睡過去。

男人洗過澡只穿著件居家短褲出來，上半身則光著。之前的髒和汗已經洗掉了，短髮還有點潮，只有手上黑漆漆的汙跡像是洗不乾淨，留著淺淺的痕跡。

林以然走進去，從鏡子後的櫃子裡拿出卸妝水和化妝棉，輕車熟路。

「明天走嗎？」林以然問。

男人從冰箱裡拿了罐蘇打水，打開仰頭喝了口，說：「走。」

林以然看了看他，兩人都沒再說話。窗簾還擋著，房間裡始終有種昏暗的沉悶感，又帶著夏日的黏膩，和剛剛洗過澡的潮濕。

林以然把臉洗得乾乾淨淨，頭髮紮了起來，在頭頂綁成個團。去掉妝容修飾的臉比之平時少了分搶眼的驚豔，多了些清爽乾淨，加上發紅的眼尾，顯得更加脆弱。

「下次什麼時候回來？」林以然又問。

「不想我回來？」邱行靠著門邊回手機訊息，抬頭看了林以然一眼，臉上不帶表情。

林以然沒看回去，只說：「沒有這個意思。」

邱行視線又落回手機上。「不知道。」

林以然便沒再開口，關了門準備洗澡。

邱行總是很髒，也總是汗涔涔的。他總是弄髒林以然的裙子，粗魯，毫不溫柔，總讓她說疼。

他沒上過大學，高中畢業早早進入社會，跟學校裡那些出口成章光風霽月的男生比起來，邱行全然是個粗人。

林以然和他就像兩個世界的人，怎麼也不該有交集。

林以然洗完澡出來，身上還是那件髒裙子。她在這邊有衣服，只是在臥室的衣櫃裡，剛剛忘了拿。

邱行還保持著剛才的姿勢，斜倚著和人傳語音訊息，幾年下來，林以然還是聽不懂他的方言。

這一天林以然沒走，晚上留在這邊過夜。衣櫃裡有她的睡衣，浴室裡有她的洗漱用品。邱行出去買了晚飯，林以然吃了幾口就說飽了。邱行把剩下的都吃了，接著便一直和人打電話。他像是有挺麻煩的事，說話間始終皺著眉，他一皺眉便顯得凶巴巴的。

這讓林以然想起最初的他，林以然那時覺得他整天都不高興。可那時林以然只能抓緊他，不敢鬆手。

第二天邱行很早就起來了，昨夜太累了，林以然原本睡得很熟，還是因邱行的動靜而醒了。

她坐起來，身上被子滑落，她穿的是邱行的一件大大的短袖T恤。衣服很舊，脖領處已洗得呈波浪狀了。她在夏天有時就這樣只套一件邱行的舊衣服睡覺，習慣了便覺得比睡衣舒服。

邱行洗漱過進來找衣服穿，從衣櫃裡隨手抽了件短袖往身上套。

「我不知道什麼時候回來，可能這兩個月都不回了。」

邱行脫了居家短褲，換了件外穿的短褲，動作間毫不避著林以然，一邊和她說話：

「妳要是不想再來了，走之前就收拾收拾東西。」

說到這的時候他回頭看了林以然一眼，林以然原本剛睡醒還有些迷迷糊糊，此刻已澈底清醒了，她睜圓了眼睛看著邱行。

邱行轉了回去，蹲在地上，在抽屜裡找襪子。

林以然有些遲鈍地開口說：「還有幾個月，我先不急著收拾。」

「怕我回來還找妳？」邱行不在意地說：「我就算回來也不找妳過來了，別擔心，東西都帶走吧。」

林以然不再說話，只是看著邱行。

邱行臨走前，都收拾好了又進來看看她，見林以然還像剛才那樣坐著，說：「我走了，有事跟我說。」

林以然看著他的臉，抿了抿唇說：「說好了到九月，九月之前你如果回來了就告訴我，我不欠你。」

「不差這幾個月，算了。」

邱行說完要走，想想又頓住，走過來站在床邊，手放在林以然頭上，不甚溫柔地揉了揉她的頭髮。

「妳不欠我，這幾年算我占妳便宜。」邱行低頭看著她，「這次從這裡走出去，妳跟從前的生活就澈底沒關係了，以後去過新日子。」

林以然嘴巴閉緊，沒有說話。

「我們小船長大了。」邱行最後用力搓兩下她的頭髮，眼裡帶著笑意，此刻難得柔軟。

「走了。」邱行轉身走了出去。

隨著關門聲響，林以然的眼淚在同一瞬間落了下來。

她和邱行睡了六年。

從她十九歲到現在的二十五歲，她一面是別人的高嶺之花，一面在邱行床上凌亂又狼狽。

就在剛剛，邱行宣告約定期滿，她的六年澈底結束了。

林以然低著頭，眼淚一滴滴落在自己手上。

這是她上不得檯面的六年，是狼狽的、混亂的六年。從此她不必再躺在誰的床上，不必明裡一套暗裡一套。

可這也是她成年後唯一的六年，和邱行的六年，是她人生中最年輕、最好的六年。

# 第二章　離城

院外的鐵門被砸得咣咣響，林以然把自己鎖在房子裡，門窗緊閉，六月末的時節，房間裡熱得讓人窒息。

林以然背靠著房門，縮成一團。砸門的聲音無休無止，林以然閉緊雙眼，渾身是汗。不知是熱的還是嚇的，或是因為兩天沒有吃東西身體虛弱，林以然只覺得頭越來越沉，視線模糊。

恍惚間她又一次希望自己此刻是沉入了一場漫長的噩夢，終會醒來。

畢竟這一年的生活對她來說，實在太像一場夢了。

母親的猝然離世讓她失去了媽媽，比起陰晴不定總是讓她莫名恐懼的繼父，她寧願回到這處她童年時的住所。這裡有一個愛喝酒又不正經的父親，可那是她的親爸爸。至少她不必擔心浴室總鎖不上的門，也不必在睡覺時吊著一根神經。

儘管這裡處處破舊，可在這裡她至少是安全的。

然而升學考前父親突然消失，讓她連最後這一點點安全都沒有了。

父親只傳了訊息給她，說自己有事要離開一段時間，讓她好好考試，考得遠遠的。之後人便不見了，唯一留下的只有枕頭底下的一千塊錢。

到今天父親已經失蹤了半個月，電話關機，訊息通通不回。林以然不知道他去哪了，也不知道他還回不回來。

三天前開始有人過來砸門，他們知道家裡只有個女孩，進來看了一圈就走了。走前讓她趕緊聯絡她爸，說她爸要是再不回來別逼他們做不是人的事。

林以然不知道他們說的「不是人的事」指什麼，可她非常非常害怕。

摩托車由遠及近的聲響在夜裡顯得突兀又刺耳。

到巷子裡停下，像是停在門口。林以然蹲在門後，神經緊繃，不知道是不是門口又來了新的人。

她依稀聽見門口有說話聲，聽不清楚。

片刻後，隔壁院門的大鎖鏈聲嘩啦啦地響起，是隔壁有人回來了。

邱行無視旁邊門口堵著的這些人，打開大門，推著摩托車進了院子。

他兩個多月沒回來過了，此刻渾身上下裹滿了灰和汗，頭髮亂糟糟地糊成一團。院子裡胡亂堆著一些東西，洗衣盆、塑膠凳子、礦泉水瓶，空空蕩蕩又帶著股死敗的頹唐。

深夜一點。

邱行在院子的水井邊洗臉洗頭，一個凳子支在井邊，上面放著個盆。院子裡沒開燈，邱行在月光下洗得不拘小節，濺得到處是水。他光著上身，下面還穿著剛才那條髒褲子。髒兮兮的水順著肩膀滑下去，流過後背，流過手臂，在他身上畫出一條條蜿蜒的溪流。

水聲一直響，以至於落在院子裡的四顆小石頭邱行全沒有注意到。直到又一顆小石頭滾到他腳邊，邱行才低頭看了一眼。

視線從小石頭轉到院牆邊，僅有的月光淺淡昏暗，邱行下意識瞇了瞇眼，儘管邱行向來膽子大，也被嚇了一跳。

邱行看了那邊幾秒，想到剛才門口的幾個人，沒有說話，只是接著洗完，一盆髒水隨手潑在院子裡，才甩了甩頭上的水，走了過去。

林以然踩著凳子，小心地趴在牆頭，求助地看著邱行。

邱行向她走過來時，她指了指門口的方向，又比了個「噓」。

「說。」邱行臉上不帶表情，頭上還滴著水。

「你能帶我出去嗎？」林以然雙手死死扒著牆磚，聲音低得快聽不清，發著顫。

這段時間邱行一直沒見過她，問：「妳誰？」

「林維正是我爸。」林以然汗濕的頭髮有幾縷黏在額邊，她拂開頭髮，讓邱行看清她，又提醒說：「林小船。」

邱行挑眉，看起來有些意外，看了她兩眼，問：「妳爸呢？」

林以然搖搖頭，絕望地說：「我不知道……」

門口傳來響動，林以然馬上蹲了下去，過一下聽見沒聲音了才又探起來，邱行還在。

「妳爸欠錢了？」邱行問。

「應該是，」林以然的聲音聽起來很慌，看著門口的方向，求助地向邱行說：「他們每天堵在這裡，我太害怕了……」

邱行沉默片刻，說：「過來吧。」

一個還沒被納入城市都市更新範圍內的城郊，老舊混亂，沒有一盞路燈，這裡像是被城市遺忘了，也少有人住了。

兩扇相鄰的破舊大門前，兩個男人倚著牆根，抱著胸打盹。

林以然費力地爬上院牆，過程中儘量不發出一點聲音。這邊邱行把她接了下來，讓她落地很輕。

她心臟還在劇烈跳著，胸腔鼓動，睜圓著眼睛看邱行。

邱行下巴抬了抬，朝向屋子，示意她進去。

屋子裡有股潮濕的霉氣，邱行穿著短褲躺在床上睡覺，他睡得很沉，像是累極了。林以然不敢離開這個房間，她抱著膝蓋團在沙發一角，臉埋在膝蓋上。

她不知道這場混亂的夢境究竟什麼時候會醒。

邱行在天沒徹底亮起來時就醒了，他只睡了兩個多小時。

林以然一直沒睡，邱行一坐起來她馬上抬頭看著他。

邱行看了她一眼，動作稍一停頓，才想起昨晚的事。之後沒再管她，自己端著個盆去院子裡洗漱洗頭。

昨晚在她過來之後，邱行沒問她任何話。林以然隔著窗戶一直盯著他，像是怕他就這麼走了。

邱行再進來從衣櫃裡隨便掏了套衣服出來，短袖、短褲，拿著去隔壁房間換。再出來的時候跟林以然說：「等等妳就在這待著，別出來。」

林以然點頭。

邱行動作不輕地打開院門，門口兩個男人睜開眼，掃了他一眼，又把眼睛閉上了。

邱行來來回回走了好幾趟，還在院子裡打了盆水沖了沖摩托車。

天剛泛白，正是人睏的時候，邱行把摩托車推出去像是要走，人轉頭又進去了，他動靜多了那兩人甚至不再睜眼看他。

林以然就是這麼被邱行帶走的，邱行甚至沒遮掩，林以然放輕腳步走出去先坐上摩托車，邱行隨後跨上去，走前還把門鎖了。

出了巷子，林以然心跳得像是要從喉嚨逃出來。

摩托車速度很快，林以然被風吹得睜不開眼。身後邱行雙手搭著把手，人有些俯下來，林以然也不太能抬頭。

邱行最後把摩托車開進一個大廠院裡，髒兮兮的大院裡全是貨車。有的貨車開著門，能看到有人在裡面睡覺，腳還搭著車窗伸在外面，呼嚕聲一道道傳出來，伴著機油味，在這樣的清晨裡，顯得有種粗糙的和諧。

邱行把摩托車停在院子一旁的房子前，鑰匙從開著的窗戶隨手向裡一扔。

他回頭看到仍跟著他的林以然，說：「妳走吧，他們這時間應該還沒醒。」

林以然不知道自己能去哪裡。這個城市讓她覺得不安全，她不知道自己能躲到哪裡去，也不知道那些人會不會再找到她。

她無措地看著邱行，邱行問她：「妳媽呢？」

林以然回答說：「走了。」

「去哪了？」邱行隨口一問。

林以然抿著唇，手指朝上指了指。

邱行這次是真的感到意外，眉毛驚訝地揚起來。他看著林以然，一時間沒什麼話說。

邱行對當時的林以然來說，就像在水中抱住的一棵浮木，像迷途中碰到的唯一路人。

邱行來來回回繞著輛貨車綁苫布，林以然就在貨車一角安靜地站著。

「別站在這，我等等就走了。」邱行和她說。

林以然有幾天沒睡過覺了，此刻眼睛通紅，人也極狼狽，頭髮和衣服都亂糟糟的，嘴唇乾裂脫皮。

邱行把繩子在鉤子上綁好，一邊問：「妳還有沒有別的親戚？」

林以然無聲地搖頭。

邱行顯然不是個熱心的人，他臉上沒有多餘的表情，只說：「同學家、老師家，妳總有地方能去。」

林以然嘴唇抿得緊緊的，並沒有糾纏的意思，點了點頭。

話說完邱行沒再管她，他接了個電話，說著林以然聽不懂的方言。他打電話的語氣像是很不耐煩，林以然唯一能聽懂的就是他一直在重複「今晚到」。

有人遠遠地喊了聲「邱行」，邱行抬頭看過去，見到老林在招手。

邱行眉頭擰成死結，對著電話又吼了句：「說了今晚到！」

他朝老林走過去，對林以然指了指大門的方向。

林以然看著他離開，清早太陽還沒那麼毒辣，可這畢竟是烈火般的六月，邱行脖領處已經洇了一圈汗。他邊走路邊抬手臂擦了擦腦門，剛才幹了半天活，手上髒兮兮的。

「該收拾的都幫你收拾完了，破的那條胎我用舊胎弄了一條，上次從小虎車上換下來的，你回頭跟他說聲，就不收你錢了。雖然胎紋不一樣，反正不在車頭，應付跑著吧。」

老林拿了瓶水給邱行，又問他：「這次拉什麼？」

「還拉木頭。」邱行擰開水喝了口，說：「下個月跟你結帳，林哥，這月我沒剩下錢。」

「你明年給我都行，誰催你了。」老林笑著說他，「你還是叫我叔吧，聽你叫哥我不習慣，以前都是我叫你爸哥。」

邱行淡淡地說：「各論各的吧。」

邱行欠了老林不少錢，當初從他這拿了十五萬還別人了，拆了東牆補西牆。現在每次回來車也扔老林這裡修，跑大車的沒有一次能不收拾車。幹重活的大傢伙，身上零件要常換，就算沒問題也要敲敲打打地檢修。

邱行兩輛有些年份的破車，全靠老林幫他收拾才能接著上路。當初欠的加上修車的，邱行一時間也還不清。

「行了，趕緊走吧。」老林把鑰匙扔給他。

邱行接過來揣口袋裡，說：「走了哥。」

早上七點之後貨車不能走市區，邱行要在那之前走出去，去周圍幾個村裡把貨都裝車上，然後拉著幾十噸木頭開上一千多公里。

幾千公里的高速公路開起來像是沒有盡頭，然而邱行已經這麼跑了三年。可邱行今年也才二十一。

「邱哥，要走了啊？」老林的兒子林昶開著奧迪轉進來，停到邱行旁邊，打了聲招呼。

他今年十九，剛高中畢業，升學考據自己說考得不錯，老林樂得當即買了輛車給他。

老林是個本分人，兒子卻一點也不像他。高二時就搞大了別人的肚子，高三又被另一個女生的家長找到學校，說他整天騷擾人家女生。

邱行抬了抬手臂算打完了招呼。

手機又響，邱行接起來，一邊打電話一邊往車上走。

可不等走到近前，邱行眼睛漸漸瞇起來，隨即擰起眉，大步跑過去。

就在剛才林以然站著的位置，此刻躺了個人。還穿著制服的女孩毫無生氣地癱軟在地，雙眼緊閉，臉色在逐漸明亮的日光下蒼白得像紙。

林以然是在社區醫院的病房裡醒過來的。

入眼是陳舊的病房，洗不乾淨的灰白色的床單、鐵床架、掛點滴的架子，和自己手上打著的針。牆上的電子鐘顯示現在已經是上午十點了。

無論是老舊的社區醫院，還是市中心的醫院，都是相同的味道。這股若有似無的消毒水味令林以然下意識反胃。

媽媽的最後幾個月，她幾乎是陪著一起在醫院裡過完的。

林以然陷入了短暫的茫然，她不知道自己為什麼在這裡，有短短那麼一下，她甚至不知道現在是什麼時候。

恍惚間好像又回到了媽媽的病房，那時她還有媽媽。她不用因為爸爸欠的債東躲西藏，她馬上就要升學考了，即將開始人生中最美好的幾年時光。

「喲，醒了？」

有人從外面晃進來，手上拿著手機，見林以然睜開了眼睛，問她。

林以然看過去，這人她不認識，看起來和她差不多大。

「邱哥讓我在這盯著，看妳醒了再走。」林昶說話有點吊兒郎當的，眼神不客氣地在林以然身上掃了兩圈。

林以然沒說話，視線從他身上轉開，沒再看他。

林以然身體倒是沒什麼問題，就是這幾天沒吃東西，加上驚嚇過度，剛才一時休克了。來到醫院掛上點滴，還打了點營養液，人看起來有精神多了。

林昶坐在床邊的椅子上，傳訊息給邱行：『邱哥，醒了。你們到底什麼關係啊？』

邱行大概在忙，沒回他。

接下來林昶就一直坐在旁邊，時不時看看林以然。他的眼神很不客氣，從上到下打量一番，視線再回到林以然臉上。

儘管林以然這些天相當狼狽，可這不妨礙她的漂亮。白皙的皮膚因為沒有血色而顯得更加脆弱，頭髮不體面地胡亂散在周圍，也有種凌亂的好看。

「實驗的？」林昶掃了她的制服一眼，問。

林以然沒出聲，不知道是沒聽見還是不想理。

他們都是剛考完升學考，年齡也相當，然而一看就不是同路人，一個是不學無術的小混混，另一個一看就是聽話的好學生。林以然明顯不想跟林昶說話，林昶也沒再找話跟她說。病房裡開始了一段長長的沉默。

林以然在沉默的時間裡，思考的是接下來自己能去哪裡。家肯定是不能回的，繼父家也不能再去。外婆家、奶奶家都不在本地，如果去的話要去車站坐車，她心裡沒把握，不知道那些人會不會找到她。而且林以然也不想去，她的狼狽、媽媽走後她這些戲劇般的經歷，她不想被別人看見。

她有些害怕熟悉的人同情的眼神。好像她沒了媽媽，就這麼可憐。

林昶又坐了一陣子，邱行一直沒回他訊息，林昶便說：「妳醒了我就走了，樓下邱哥繳了錢，妳等等自己多退少補吧。」

林以然點點頭，說了聲「謝謝」。

林昶站起身走了。林以然看著另一邊空蕩蕩的病床，腦子裡短暫放空。

「對了。」走了的林昶半分鐘後又探頭進來，看著林以然說：「妳跟邱哥什麼關係？」

林以然說：「沒什麼關係。」

「啊。」林昶隨後笑了，又邁步走了進來，在口袋裡掏了掏，只有幾張一百的紙鈔，他抽了張，用床尾掛的筆寫了串號碼，折了兩下，塞在林以然制服口袋裡。

「妳要是跟他沒關係的話，有事可以找我。」林昶笑著的眼神裡帶著半真半假的逗弄，「我們差不多大，妳長得好看找我有用，願意跟我交往的話，什麼都好說哈。」

這樣的人林以然平時都躲著走，看都不看一眼，然而此刻她處在僵硬的麻木狀態中，對周圍的一切感知遲鈍起來。她只是木然地盯著另一側的空床，連回應都懶。

林昶說完就轉著車鑰匙走了，走路像是腳跟不落地一樣，大搖大擺的。

邱行開著半截車窗，風鼓進來，把他的頭髮吹得大半都亂七八糟地豎起來。中間的雜物筐裡，筆記本的紙被風吹得翻來翻去地作響。

卡車在高速公路上疾馳，邱行耳朵夾著手機，在風裡吼著說：「你訊號太差了，我聽不清楚！」

對面也吼回來一聲：『是你訊號差！我這訊號滿格！』

邱行喊：「現在能聽清楚嗎！」

然而說完這句訊號又斷了，手機裡只剩下滋滋的訊號干擾聲。

又喊了幾聲「喂」，邱行掛了電話，把手機扔在一旁。可手機不曾安靜，一直在響，電話一個接著一個。

半小時後，車停在服務區的停車場，邱行把薄薄的本子按在方向盤上，肩膀和耳朵夾著手機，用筆記下對方說的地址和電話。

「姓什麼？」邱行問。

『姓陳，陳威勝，你爸以前幫他拉了好幾年貨，後來他被別人撬走了，你爸臭脾氣也沒再聯絡，你叫陳伯伯。』

對方說的拐著調的方言，讓他叫「陳掰掰」。

「陳掰掰，我知道了。」邱行笑笑，「謝謝了唄，一直照顧我，羅掰掰。」

『就口頭謝，你跟你爸一樣，光會哄。』電話那頭笑著罵他一聲，又說，『我二廠房又夠半車，下車拉我的。』

「好，著急嗎？著急我讓輝哥過去。」邱行說。

『不著急，留給你的，跟貨主說了下週到。行了，掛了。』

邱行好好應著，對面掛了電話，他把筆記本扔在一邊，人往後靠在椅背上，閉眼短暫地歇了一下。

幾分鐘後邱行跳下車，拎著洗漱用具去了洗手間。

再回來時一隻手拎著洗漱用具，另一隻手拿著麵包和水，正邊走邊吃。他習慣了這麼趕著吃東西，一大塊麵包幾口就咽下去，眉頭還微皺著，像在想事情。他頭上臉上的水都還沒乾，被早晨柔和的陽光一照，反射出零零散散的光點。

手機又在口袋裡響，邱行把麵包往嘴上一咬，掏出手機看了一眼，接起來：「說。」

『邱哥，那地方在哪啊？我跟輝哥好像走過頭了，也沒找到你說的木頭牌子啊。』小全在電話裡茫然地問邱行。

邱行問：「你們從哪走的？」

『就你告訴我們的路線啊。』小全說：『從高速公路下來走小路往南，到土路第三個路口轉。』

邱行擰著眉問：「你們上次不是去過了嗎？上次找不到這次還找不到？」

『我們來過嗎？沒有吧。』小全遲疑地說：『我不記得來過啊。』

邱行又問：「導航也沒有用，是吧？」

『導航就一直讓我們調頭，可我感覺還沒到啊，我沒看見第三個路口呢，我怕導航是不是搞錯了。』

邱行說：「從東邊過去是第三個路口，西邊過去是第一個口，你們從哪去的？」

『這是哪邊……壞了，我們從西邊來的，那找地方調頭吧。』邱行掛了電話，這樣的電話接過太多，早就沒脾氣了。張全和李輝是邱行雇的兩個司機，兩人搭伴輪換著開一輛車。李輝人很老實，五十多歲了，幹活很能吃苦，就是腦子太笨聽不懂話，人又木訥。張全今年剛二十，剛開始看起來說話挺機靈，時間長了發現也就那麼回事，心思不在正道。兩人加一起湊不出一個正常腦子，邱行也習慣了。

邱行扔了麵包袋，擰開礦泉水喝了半瓶，他拿著剩的半瓶水和洗漱用品回了車上。後面拉了半車銅絲，他不敢離開太長時間，丟一包就夠他賠。拉銅絲賺得多，操心也多。

邱行已經連開了十幾個小時，昨晚幾乎一宿沒合眼，中途睏極了在服務區睡了四十分鐘。

還剩八百多公里的路，今晚就要送到，這意味著邱行還要不停歇地開上一個白天。

邱行趕在日落前把車停在卸車的廠裡。

銅絲價高，無論裝車卸車都要人盯著，司機和貨主都要在，雙方都要數著，數字一旦對不上就很麻煩。

所以邱行在連續開了那麼久的車以後，又站了三個小時盯著卸貨。

卸完貨現款現結，邱行揣著厚厚一遝現金，褲子口袋塞得滿滿的。邱行上了車，把車從廠房院裡倒出來，開到林哥的修車廠。

「回來了？」

距離邱行走已經五天了，見邱行從車上跳下來，林哥遠遠跟他打招呼。

那邊林哥一家人支著爐子在烤肉，除了林昶和林哥老婆，還有他們家幹活的幾個工人。

邱行把車鑰匙扔給林哥，林哥招呼他坐下吃。

「沒吃吧？」

邱行倒也不客氣，彎腰拽了個小板凳過來坐下，從桌上找了雙沒人用過的筷子，直接夾片肉吃。

「就早上吃了個麵包，開車開得人都木了，也感覺不到餓。」邱行說。

林嫂一迭聲地「哎喲哎喲」，說他：「你可不能這麼幹，身體都糟踐壞了，年紀輕輕的你賺錢不要命啦？」

邱行拿了個空盤，夾了片饅頭過來咬了一口，抬頭跟林嫂說：「沒辦法啊嫂子，我要賺錢。」

「賺錢也沒這樣的，哪有一個人跑大車的，連個換班的都沒有，晚上睏了多危險哪！你怎麼也該雇個司機，聽嫂子的話。」

邱行邊吃饅頭邊點頭，林嫂也知道他沒聽進去。邱行這孩子最倔強，不聽勸。旁邊的工人小聲說了句：「拿命換錢呢，爹都這麼折進去了，兒子接上了。」

邱行像是沒聽見，只低頭吃東西。

「哎邱哥，上次那女孩是誰啊？我問你你也沒回我。」

林昶過了一下想起這事，問他。

「鄰居家小孩。」邱行答說。

「你家那區還有人住啊？我以為只有你還住那了。」林昶想想那破地方，說：「算城中村了吧？」

「吃你的得了，嘴那麼欠。」林嫂從後面伸手抽了下林昶後脖頸，進屋去拿啤酒。

林昶縮了下脖子，在他媽走了之後小聲跟邱行說：「她挺好看的。」

邱行已經不記得林以然長什麼樣了。

他這幾年在高速公路上滾得渾渾噩噩人不人鬼不鬼，腦子裡除了配貨、路線和賺錢以外記不住什麼事。

或者說其他事根本不往他腦子裡進。

晚上回到他那破舊的家時又是半夜，邱行往旁邊院子看了一眼，見大門敞開著，屋子裡倒是沒開燈，玻璃窗全都被砸碎了，碎玻璃散了滿院子。

邱行像每次一樣在院子裡用涼水把渾身的土洗下去，換條短褲往床上一躺直接睡過去。

明天不用早起，是個難得的休息天。

而邱行被一聲尖叫喊醒時天才剛亮不久，鐵門砸在牆上的震耳悶響隨之響起，邱行睜開眼睛，被猝然叫醒讓他頭疼，眉心擰成一道凶巴巴的結。

林以然其實已經悄悄來看過幾次了。院子裡一直是空的，也沒看見有人進出，像是自她那天跑了以後，這夥人在院子裡狠狠打砸了一番就走了。

她遲早要回來一次，她的東西都在裡面，衣服、身分證、提款卡，還有一支壞了的手機，就算這些都不拿，學籍檔案她也必須取，她要去上學。

她要回來一次，把這些收拾完，之後就不再回來了。

從此在這個世界上，她再也沒有家了。

在屋子裡看到有個人在睡覺的瞬間林以然嚇得呼吸驟停，她馬上停下腳步，立即轉身折返。

然而那人已經醒了，看見她當即跳起來，林以然慌不擇路地跑出去。

那人只穿著條內褲，嘴裡罵著髒話，光著腳來抓她，這讓林以然恐懼得白了臉。

「妳還跑？我看妳往哪跑！」

林以然剛邁出大門就被追上，身後的人扯著她頭髮用力往旁邊一推，林以然尖叫著撞在鐵門上，臉被鐵門上鏽得開裂的鐵皮擦破了一片。

「妳爸不回來妳也別想走，來，我好好跟妳聊聊！」

晨起的男人視線放肆地在林以然身上打轉，一聲「聊聊」說得讓人膽寒。

林以然用盡全身力氣掙扎，也掙不脫一個肥壯的成年男子。那人扯著她的頭髮把她往院子裡拖，林以然絕望地尖叫著。

在頭髮鬆散得抓不住改抓衣領的空檔，林以然拉開外套拉鍊緊接著一矮身躲了過去，轉身便跑。

那人被手上的外套絆了一下，林以然已經跑到了院外。

邱行陰沉著一臉沒睡好的凶相，剛從隔壁大門出來，林以然直接撞在他身上。邱行反射性一抬手臂，林以然抬頭看見是他，叫了聲躲到他身後。

林以然緊緊抓著邱行的背心，慌亂地攥在手心，哭著說：「救救我救救我——」

前面的人穿著內褲追了出來，看見邱行有些意外。

邱行背心布料被林以然攥得太緊，衣領都勒到了脖子，他往前扯了扯，沉著臉問前面的男人：「你有完沒完？」

這男的也傻眼了，不知道邱行從哪來的，問他：「你誰？」

「她爸欠你錢你們找她爸，跟個小女生過不去是不要臉了。」邱行拎起門口一條鐵桿，在門上用力一敲，那聲音震得人心臟一麻。

「滾，」邱行看著那人說：「你打不過我，找你同夥來。」

雖然邱行話說得很硬，架勢也夠足，可他跟對面比起來實在太瘦，體型上不是很有威懾力。

林以然白著臉，抓著邱行衣服的手不住地抖。

「你肯定帶不走她，不關你的事你少管。」對面的男人跟邱行說。

「讓我撞上了我還能自己走嗎？」邱行側了側頭，看了躲在他身後的林以然一眼，又上下掃了對方只穿著內褲的行頭一眼，說：「誰撞見這一出都無法不管，你拍犯罪片呢？」

邱行又回頭問林以然：「妳又回來幹什麼？」

林以然帶著哭腔回話說：「我想取我的檔案，上學要用。」

「屋裡還有人嗎？」邱行問。

「好像沒有了……」林以然回答說。

於是邱行一隻手拎著鐵桿，另一隻手到身後扯著林以然的手臂把她拽了過來，林以然看著前面的男人，嚇得緊緊貼著邱行。

人總歸是有羞恥心，這是人有別於動物的特性之一。

這男的睡著覺跳起來追人，身上只有一條內褲，這實在不體面，在外面這麼站著不是回事，光天化日之下讓人縮手縮腳。

邱行就當著他的面拎著林以然手臂把她拎進了院子，說：「去拿。」

人進去了總比跑了強，這男人也跟著他們進去，想去把褲子穿上。邱行沒管他，只讓林以然拿東西。

那人穿上衣服褲子後就打著電話出去了，把門從外面掛了鎖。林以然向外看了一眼，見那人出了院門，把大門也鎖上了。

她看了邱行一眼，邱行說：「拿妳的。」

林以然以最快的速度拿了檔案袋、身分證、提款卡，手機找不到，可能被拿走了。她還胡亂拿了點衣服，一起塞進背包裡。

「別落東西。」邱行提醒了句。

林以然連連點頭，背上背包說：「好了。」

邱行跟本就沒管門鎖，直接從窗戶跳了出去。窗戶都碎成這樣了，鎖不鎖這一道門又有什麼意義。

他帶著林以然來到牆邊，上次的凳子已經沒了，邱行一彎腰把林以然往上一托，林以然翻上牆頭跳了過去。

邱行後退幾步一衝，單手一拄直接翻了上去，跳過來時手上還拿著那根桿子。

這邊院門沒鎖，那人正倚著門看他們。

林以然慌張地回頭看邱行，邱行沒什麼明顯表情。

剛才那人沒跟邱行動手，是因為沒穿衣服沒有底氣，現在他不可能讓林以然就這麼走了。

守在家門口要債的必然不是善類，總不會被邱行放句狠話就嚇住了，邱行看起來不大，年紀還嫩。而且那人剛才打了電話，這時別人大概已經在過來的路上了。

這一架不可避免，邱行看起來完全不慌。他把口袋裡兩個手機都掏出來給林以然，林以然緊緊攥在手裡，看著邱行拎著鐵桿過去了。

這是林以然第一次看見別人打架，不是電視裡面，不是網路影片裡面，而是在她眼前。

那人掄著椅子砸向邱行時，林以然尖叫了聲，邱行往旁邊一躲，只有椅子腿砸到他手臂。

貼身肉搏的幾下林以然連呼吸都快停了，她撿起剛才的鐵桿緊緊握在手裡，等著邱行打不過了她找機會砸下去。

直到對方捂著胸口坐在地上喘粗氣沒再站起來，邱行朝她走過來，林以然才扔了鐵桿，抓著邱行手臂和他一起跑了。

邱行腿長步伐大，林以然背著背包跟得吃力又慌慌張張。

身後其實沒人在追，最後那一下邱行踹到他胸口上，大概要緩上半天。可不知道對方叫的人什麼時候會到，所以只能儘快離開這裡。

清早的街道，破舊的老城區只有早點鋪子開了張，門口的蒸籠冒著熱氣。

林以然跟著邱行，始終抓著他的手臂。她手心裡有冰涼的冷汗，邱行的皮膚因剛才的打鬥而一片滾燙。

林以然時不時回頭看看，好在身後一直沒有人追過來。

盛夏清晨微涼的風撲在身上，街邊垃圾箱腐爛的氣味裹纏著樹木的清香衝進鼻腔。林以然的眼前有破舊的街道，不刺眼的陽光，以及大步走著頭也不回的邱行。

哪怕是在最近這段夢魘一樣的生活裡，這一天對林以然來說也極具戲劇性。

夜十點，她坐在卡車的副駕駛座上，路中間分隔線的反光條把車燈的光反射回來，遠遠看去像連成線的小燈，右側黑漆漆的田地和原野靜遠遼闊，眼前的高速公路似乎沒有盡頭。

暖熱的風從車窗吹進來，把林以然的馬尾吹得打在她臉上。她抬起手在頭頂纏了纏，把頭髮盤成個髻。額邊和鬢角的碎髮還在隨著風亂飛，林以然抱著她的背包，身體隨著行走的車而顛簸著，心裡也悠悠蕩蕩地不安定。

邱行沉默地開著車，目視前方，表情冷漠。

「妳在哪下車？」邱行問她。

「我不知道。」林以然先答了句，過了一下又說：「都行。」

早上林以然跟著邱行到了修車廠，邱行告訴她可以走了，林以然在原地站了半天沒走，後來跟邱行說，讓他把自己帶到別的城市去。

這個城市對林以然來說沒有任何值得留戀的了，她所有的行頭都裝在背包裡。

邱行就沒再說話。

他好像話很少，不怎麼出聲，臉上總是沒表情，像是對什麼事都不耐煩。他不說話林以然也不說，兩個人明顯都沒有聊天的心情。

卡車疾馳而去，林以然正在迅速又緩慢地離開她長大的地方。那裡有她支離破碎的家，和她成年以前的所有記憶。

其實在那些記憶中，她也有過幸福的片段。在她爸爸還在小學當老師時，在她爸媽還沒有離婚的時候。

那時他們一家住在城郊那棟房子裡，過著平凡又安逸的生活。

那時她和邱行就認識了。

邱行比她大三歲，是隔壁邱家的哥哥。他們沒怎麼一起玩過，邱行不愛和她玩，嫌她小。

那時的邱行是個很淘氣的男孩，皮得他爸總是踢他、吼他，讓他老實點，可一轉頭他又跑出去玩了，好好的大門不走，非要跳牆。

那時他很開朗，不像現在這麼不愛說話。邱家條件很好，邱叔叔做生意的，因為邱行上學所以住在老房子沒有搬走，但在市裡也有兩間房。

後來林以然父母離婚，她媽媽帶著她離開那裡，當時林以然九歲。之後的這麼多年沒再見過面，再見面已是如今境況。

「沈姨怎麼走的？」

邱行開口時林以然還朝著窗外發呆，話音突然一響她不期然被嚇了一跳。

林以然轉過來看向邱行，回答說：「肝癌。」

邱行點了點頭沒再說別的。

平坦的高速公路上卡車開得平穩，偶爾輕微顛簸的節奏伴著後面車架晃動的聲音，像催眠。

到了後半夜，林以然有些睏了。她閉上眼睛靠著座椅，邱行把他那側的窗戶關上。林以然也伸手在自己這側的車門上摸索一番，窗戶開關還是老式的把手，捏著旋鈕一圈圈轉，她把自己這側的也關上，只留了條透氣的小縫。

窗戶一關，老車陳舊的氣味變得明顯，被汗味和機油味浸透的車廂味道有些嗆人，林以然卻似毫無所覺，只是閉著眼睛麻木地睡著了。

朦朧間感覺到車停了下來，林以然睜開眼睛，看到邱行把車停在服務區，開門下去了。

過不久邱行回來，沒再啟動，而是把車窗搖了下來。他跨過中間，去了座椅後面的橫鋪，穿著身上的衣服直接躺了下去。

車廂裡有些悶熱，林以然也將窗戶搖下來一半。兩側窗戶都開著，偶然能有一絲夜風穿過。

邱行像是很累，他躺下很快就睡著了，呼吸重重的。林以然回頭看了看，邱行睡得很熟，連睡著了眉頭也有些皺著。

蚊子從窗外飛進來，邱行那狹窄的小鋪位的空間裡，幾隻蚊子一直嗡嗡著，時不時飛到林以然這邊。

耳邊是蚊子飛轉的聲音和邱行睡著的呼吸聲，外面是夜行的汽車在高速公路上呼嘯而過的聲音，然而一切又彷彿都是入了夜該有的安靜。

月光均勻地灑滿人間，舒緩地釋放著人類的一切情緒，幸福、憂愁和痛苦。

林以然脫了鞋，屈腿踩著座椅，抱著自己的膝蓋，很快也睡著了。

似睡非睡的一夜，邱行平穩的呼吸和翻身時窸窸窣窣的聲音、車廂裡難聞的味道、屈腿坐著的姿勢，這些原本都該讓人覺得不安。可或許是因為太累，也可能是因為離開了那座城市而感到安全，這一夜林以然睡得雖然不熟，卻不覺得難受。

到天亮，邱行醒了，跳下車關上車門的聲音讓林以然跟著清醒過來。

窗戶還開著半截，邱行見她醒了，指了一個方向，抬頭和她說：「廁所在那邊，超市在對面。」

「好的。」

林以然穿上鞋，也開門跳了下來。

邱行已經走得挺遠了，聽到身後喊他：「邱行。」

邱行回頭，見林以然拎著背包站在原地看著他，見他回頭，問他：「我用不用等你回來再去？車要鎖嗎？」

邱行說：「不用，去吧。」

林以然便走了過來，邱行卻沒接著走，站在超市門口等她。

邱行看了她一眼，問：「妳有錢嗎？」

林以然連忙說：「我有，有的。」

邱行點點頭，自己走了。

林以然去超市買了東西，付款的時候用的正是寫了林昶電話號碼的那一張。

等林以然從洗手間出來，身上的衣服已經換了。制服外套昨天和那個男人拉扯時被扔在院子裡，之前她身上穿著的是件長袖襯衫和制服褲子。這時襯衫和褲子換成了灰色短袖和牛仔褲，看起來清爽很多。

邱行早就收拾完了，林以然出來時他正站在離得不遠的位置打電話，把手上拿的一袋早餐遞給她。

林以然接過，道了謝。

邱行轉身走了，口中說著林以然聽不懂的方言。

林以然回到車上，把背包放在腳下，坐在那裡安靜地吃著早餐。邱行買了豆漿和豆沙包給她，還有一個雞蛋。

她邊吃東西邊看著坐在欄杆上打電話的邱行，他像是有點生氣，眉頭皺著，語氣也不好。

林以然想到小時候的他，那時雖然邱行沒怎麼和她說過話，但兩家離得近，還是很熟悉的。林以然總是無法將現在的他和以前那個淘氣的男孩聯想在一起，他們就像兩個人。

邱行打完電話回來，坐到駕駛座上，擰開鑰匙。

卡車發動時的轟響讓林以然雖然有防備還是嚇了一跳，邱行看了她一眼，說：「下午才能到，妳要是坐累了就去後面躺著。」

「好的。」林以然轉頭看著邱行，輕聲說：「謝謝。」

林以然欠了邱行好幾次「謝謝」。不管是那天晚上讓她過來他的院子，第二天將她帶出去，還是送她去醫院並繳了錢，以及昨天早上打架救她，還帶她離開那座城市。和這些比起來，剛才的早餐倒不值一提了。

邱行沒說不用謝。沉默了一下，問她：「妳還記得我叫邱行？」

「記得。」林以然點點頭，看他一眼說：「我記得邱叔叔，也記得你，記得方姨。」

邱行今天不像昨天那麼沉默了，過了幾分鐘又說：「妳挺小的時候就搬走了吧？」

「對，我搬走的時候九歲。」林以然回答說。

林以然還記得那年邱行剛上國中，成績很好，邱叔叔買了遊戲機和滑板給他，邱行喜歡踢球，經常抱著足球回來。

按照這樣的成長軌跡，邱行怎麼也不該是現在這樣的。

林以然看著他，小心地問：「邱叔叔還好嗎？」

邱行沒什麼表情地說了句：「死了。」

林以然驚訝地眨了眨眼，過了幾秒又輕聲問：「那……方姨呢？」

邱行手臂搭在車窗邊沿，看著前面說：「瘋了。」

# 第三章　天地間

林以然當然不敢再問。

在這之前只覺得這一年來發生在自己身上的一切都很魔幻，此刻聽完邱行這簡單的四個字，發現原來這世界上的悲劇玩笑並不只開在她身上。

媽媽去世以後林以然對周遭一直有一種割裂感，覺得自己和周圍的一切格格不入，以往的安定生活被打破，從前的一切都不再有。

而當下她看著邱行，這個十年沒見過的鄰居，兩人的際遇突然令林以然有了詭異的同病相憐的滑稽熟悉感。像是邱行不再屬於「周圍的一切」，而是兩個人一起被周遭隔離，四周是運行如常的行人和車流，被圍起來的廣場中央，只有她和邱行。

越往南走，雲層變得越厚，天越陰。

眼前的世界像蒙了一層灰，抬頭看不到太陽。到了中午之前，車開進一片雲彩的遮蓋範圍，像是一道結界，跨過的瞬間，雨點劈啪砸下來。

路旁的河流被密集的雨點砸出一個個小坑，雨刷在前面不間斷地擺動，高速公路上的車都慢了下來，連邱行也減了速。

距離邱行要去的城市還有一百多公里，到了那裡林以然就該下車了。

前面的車大部分轉進了服務區，邱行趕時間，因此沒有停下來。

一直到轉進了城市收費站的匝道，雨也沒有停下來。

邱行的電話一直不停，有和貨主聯絡的，有小全打過來問哪裡的收費站走哪個口的，還有打錯電話的。

林以然沒有任何存在感地坐在一旁，看著邱行把車開進一個她全然陌生的城市，又繼續開了一個半小時，沿著外環從城市的北邊到了南邊，最後轉進一個什麼廠。

有人見到他，穿著雨衣走過來，邱行也不在意外面雨下得大，開門直接跳了下去。

邱行和人溝通了幾句，又回到車上。林以然抱著自己的背包，說：「邱行，我走啦。」

邱行身上澆濕了一些，低著頭在翻手機通訊錄，像是沒聽見，頭也沒抬。

林以然又說：「這幾天謝謝了。」

邱行依然沒出聲。

林以然開了門，雨點馬上落在她手臂上，邱行聽見開門才抬頭，問了句：「去幹什麼？」

之前說好的在這個城市下車，林以然說：「我在這下就可以。」

邱行到這時才反應過來，看了外面一眼說：「妳等等吧，現在下雨怎麼走。」

林以然便關上車門，邱行打了兩通電話，之後兩個人坐在車裡，彼此沒說話。等到剛才那人過來喊他，邱行發動車，開到一個倉庫門口。

幾個工人穿著雨衣出來，邱行熄了火跳下車，解開貨箱的繩子和鉤子，沿著側面的欄杆爬到車頂，捲起苫布。

下面的工人喊著讓他慢點，雨天小心滑。

過一下邱行跳了下來，兩隻手蹭得黑黢黢的，還沾著泥水。邱行拉開後車廂門，工人開始卸貨。邱行進了倉庫裡，過幾分鐘洗了手出來，還拎了兩個便當。

邱行渾身都是水，但他看起來毫不在意，他把拎的袋子遞給林以然，說：「裡面有筷子。」

林以然從袋子裡拿了便當和筷子，然後放在一旁。她從抱著的背包裡拿出早上在服務區超市買的毛巾，遞給邱行。

「你先擦擦吧，濕透了。」林以然說。

邱行看了林以然遞過來的毛巾一眼，沒接，說：「不用，手髒。」

「沒關係。」林以然又說。

邱行接了過去，擦了頭髮臉和脖子，手臂也帶了兩把。擦過的毛巾濕漉漉的，林以然接回來，搭在她旁邊車頂的把手上。

接下來這條毛巾在這個下午來來回回用了好幾次。

邱行每一次下車再上來林以然都遞過去，邱行用完她再搭起來。兩個人之間並不說話，林以然除了遞毛巾以外幾乎沒有存在感。

直到工人卸完貨，邱行又等了一陣子，雨不減反增，天黑之前邱行要去另一個城市卸剩下的半車。

於是邱行頂著雨把車開了出來，再次上了高速公路。

因為這場雨，林以然在邱行的車上沒有下去，反正她在哪裡下都是同樣陌生的地方。

在另一個城市卸了半車又裝上，這是座落後又破舊的小城市，邱行沒讓她下去。接下來邱行要去更南的地方，離一個很漂亮的城市不遠，林以然想在那裡下車。

林以然又在邱行的車上過了一夜。

邱行換了身衣服，白天那套澆濕了又被他用體溫烘乾的衣服捲成一團塞到上鋪，邱行躺在下鋪，又是很快就睡著了。

這一夜林以然睡睡醒醒，醒過來時會回頭看看邱行，邱行睡得很沉，他看起來實在很累。

邱行不常用的那個手機在天剛亮的時候震動起來，手機放在中間的雜物箱裡，震動聲不大。

林以然回頭看，邱行還在睡著。她猶豫了幾秒，開口叫他。

「邱行？」

見他沒反應，林以然聲音又大了些：「邱行。」

邱行睜開眼看她，林以然指指他的手機說：「你有電話。」

邱行伸手過去摸，拿到眼前看了一眼，接了起來。

「媽？」邱行清清喉嚨，問：「怎麼了？」

聽筒傳出來的聲音不小，林以然坐在前面也能聽得清楚：『你在做什麼呢？』

「我睡覺呢媽。」邱行說。

『幾點了你還睡覺，蹺課了？』

邱行看了手機上的時間一眼，三點四十，無奈地說：「現在是早上三點多，不是下午三點多，上什麼課？」

『哦哦，早上啊，我以為下午了，哈哈。』電話裡的聲音輕快地響起來，又說：『那你再睡一下，五點半媽媽再叫你。』

邱行「嗯」了聲，過一下說：「我設鬧鐘了，自己起就行，妳睡吧。」

『媽叫你，等等起來幫你做早飯，你來吃。』

邱行沒有多說，只說了聲「行」。

電話掛斷，邱行隨手把手機扔回雜物箱裡。抽回來的手臂擋著額頭和眼睛，不知道他又睡著了沒。

林以然看看他，又看看被他扔回來的手機，然後無言地看向窗外。

外面停在這裡過夜的車陸續走了，司機們大多是中年男性，都是一副人在途中不拘小節的邋遢樣子，臉上掛著疲態。

林以然又坐了一下，然後趁邱行還在躺著，背著背包去了洗手間。

她再回來時頭髮濕著，用毛巾纏起來。毛巾還是昨天邱行用的那條，被她搓得很乾淨。

林以然還買了早餐，見邱行醒著遞過去給他。

「我等一下。」邱行說。

林以然把背包放回腳邊，用毛巾擦頭髮。她頭髮挺長，這樣披下來能蓋住半截後背。

邱行還在原處躺著，林以然側著頭擦頭髮，偶爾有小水珠順著髮梢甩到邱行手臂上，邱行看了一眼，不在意地往旁邊蹭掉了。

五點半，電話準時打了過來。邱行已經在開車了，電話接起來，放耳邊夾著。

「媽。」

『起床了兒子，上學了。』方閔的聲音傳過來，帶著母親對孩子說話時的溫柔。

「知道了。」邱行應著。

『是不是快考試了？』方閔輕聲問，『考完試來看媽媽？』

「好，考完試看妳。」邱行說。

『那我掛了？』方閔笑笑說：『我也要去上班了。』

邱行「嗯」了聲說：「去吧。」

電話那邊又重複說了幾句什麼，邱行都答應了，之後才掛了電話。

邱行和她打電話時的語氣比起平時有了些溫度，說話慢慢的，哪怕是前後不搭的話，也耐心地應和。

林以然印象裡的方閔說話總是輕聲細語，人有些內向，但是個很溫柔的阿姨。那時邱行再淘氣也是邱叔叔管他，方阿姨很少大聲說話。

「方姨現在住在哪裡？」林以然輕聲問。

邱行說：「安寧醫院。」

安寧醫院，離他們老房子不遠，小時候這對於他們那裡的小孩子來說是個很有震懾力的詞。「再不聽話就被安寧醫院抓走了」，是比「拐小孩的」都嚇人的話。

安寧醫院是間精神病醫院，裡面長期住著的都是精神病人。

林以然隔了幾分鐘才問：「方姨……病得很重？」

「還行。」邱行說：「半明白半糊塗。」

林以然又問：「你經常去看她嗎？」

邱行說：「不常去。」

林以然轉頭看著他：「沒時間？」

邱行淡淡地說：「我去了刺激她。她覺得我還在上高中，不應該長這麼大了。」

「她看到你會想起來嗎？」

「會，所以不能接受。」

邱行停頓片刻又說：「我也不願意她想起來，就讓她一直活在我高中那幾年，挺好。」

邱行的語氣總是麻木又平淡，可林以然在此刻突然感到有些難過。她屈膝踩著座椅，抱起膝蓋。

溫柔的方姨，親切的邱叔。還有她的媽媽，她的爸爸。她和邱行。

當初那兩戶和諧的小家如今走的走，散的散。

小時候的回憶像一場老電影，電影開頭日光散漫，時光悠長，然而冗長的片段一一演過，結局破碎灰暗，了無生機。

房子破舊，親人離散。只剩下這麼一輛搖搖晃晃的破車，載著當年的兩個孩子逃亡一樣趕在路上。

「邱行。」林以然沉默了片刻，叫他。

邱行轉過來看她。

林以然抱著自己的膝蓋，垂著視線：「我總覺得我在做一場夢。」

邱行沒出聲，林以然輕輕地問：「我們還會醒過來嗎？」

對於林以然的問題，邱行沒有回答，只是沉默著轉了回去。

前方是和天接在一起的沒有盡頭的路，遙遙指向遠方。高速公路只有一個方向，就是一直向前，不能回頭。

升學考成績公布那天，兩人正在服務區的餐廳吃飯。一人一個餐盤，上面兩葷兩素，還有一份湯。菜的味道難得很不錯，林以然從前吃飯慢慢的，和邱行待在一起的這幾天讓她學會了快速吃飯。

邱行看起來不趕時間，和她說：「沒那麼急。」

林以然點點頭，喝了口湯，放慢了速度。

旁邊桌看起來也是兩個貨車司機，兩人說話帶著口音，但能聽得清楚。

一人問另一個：「升學考分數是不是出了？」

另一人回答：「出了，一早的新聞都在說這事。噫今年分數線高得很，也不知道俺姪兒考不考得上。」

邱行等快吃完飯才反應過來，看著林以然問：「分數出了？」

林以然也是剛才聽旁邊桌說才知道的，她說：「本來說是明天。」

「查查。」邱行說。

林以然拉開隨身抱著的背包，從裡面找出准考證，背面寫著帳號，邱行把手機遞過去，林以然拿起來點開了瀏覽器。

邱行在對面繼續吃著飯，過一下問：「查到了？」

「還沒，登不上去。」林以然把手機遞回來，說：「現在可能都在查，等等吧。」

林以然拿起她的筷子，繼續吃東西。

除了最初在老房子邱行遇到她的兩次，自從上了邱行的車，林以然好像沒有特別慌過，總是很從容。

她話不多，也不抱怨，自己很愛乾淨，但無論邱行的車多舊、車上味道多難聞、某個服務區的廁所多髒，她都沒表現出嫌棄來。她總是怕麻煩邱行，所以儘量降低自己的存在感，能不開口就不開口。

看得出來，儘管從小父母就離婚了，可她媽媽把她養得很好。是個平靜從容、大大方方的女孩子。

回到車上再次出發之後，邱行的手機一直放在林以然那裡，讓她查分。林以然隔十分鐘左右更新看看，路上訊號不好，過了很久才把網站滑了出來。

「查到了。」林以然說。

邱行問：「多少？」

林以然說了個數字，邱行看她一眼，問：「妳文組理組？」

林以然答：「我是文組。」

邱行又問：「分數線多少？」

林以然先說「我看下」，過半分鐘說：「一本[1]線省內五三三。」

她慢聲細語，語氣很平靜，邱行沒有掩飾自己的驚訝，說：「妳成績這麼好啊？」

省內排名七十多，這個成績對林以然來說沒有特別好也不是特別差，算是在她預料範圍內。倒是這幾天以來邱行第一次露出除了平淡和麻木以外的情緒，他剛才驚訝地看過來那一眼使得林以然笑了下，說：「還行。」

無論正在經歷著怎樣的境況，升學考都是大事。

哪怕是在這個一貫沉默並沉重的車廂裡，也因為升學考而產生了話題。邱行不像平時冷漠，你一句我一句的聊天持續了一陣子。

邱行問林以然想選什麼學校，什麼科系。

林以然只說想選文學相關科系，學校她沒有什麼想法。

邱行又問她喜歡南方還是北方，喜歡哪座城市。

---

1 一本、二本、三本、雙一流、二一一、九八五為中國大陸考取大學時，對於學校的等級劃分，類似臺灣的公立大學、私立大學、科技大學等等級分類，以考取分數、學校資源為劃分標準。

林以然想了一下，輕輕地搖了搖頭。

林以然對這些感到茫然，她去過的城市不多，也談不上喜不喜歡。只要能夠離開她生活的城市，不再有人追債，沒人找她，就都可以。

邱行並不是隨便聊聊，他跟林以然說了幾個選擇。他對很多城市都瞭解這不奇怪，倒是他能從北往南把差不多的學校都說出來，適合林以然讀的、城市環境舒服的、某個科系特別好的，這讓林以然覺得有些意外。

邱行平時的頹唐和行走在路上的狼狽，讓他現在說的話題和他這個人有著明顯的割裂感。

林以然側著頭看邱行，邱行一邊開車一邊和她說話，林以然時不時答一聲表示在聽。

邱行迎著她的目光看過來，問：「什麼時候填志願？」

林以然說：「系統開了就可以，明天或者後天。」

邱行又問她：「妳書帶了嗎？報考指南。」

林以然搖頭：「要去學校取，我沒有。」

邱行又掃她一眼：「那妳怎麼報，代碼妳知道？」

林以然老實地回答：「我想等下車之後找個網咖。」

不等邱行再說話，手機在這時響了起來，林以然遞過去，邱行接電話，之後他們就沒再接著聊。

當天晚上，邱行把車停在一個倉庫院子裡。前面有輛車在卸貨，要等上一輛車卸完，工人才能過來裝邱行的車。

天氣悶熱，本就沒什麼風，倉庫四周的高牆又把風都擋在外面，一絲都吹不進來。邱行在車下坐著，屁股下面墊了個壓扁的紙箱。

林以然原本在車上，趴在車窗邊，後來熱得待不住，也跳了下來。

邱行沒抬頭，只抬起身把屁股底下的紙箱撕成兩片，一片坐回去，另外一片隨手放在旁邊石頭上，示意林以然坐。

林以然又把上面的一截撕了下來，坐在石頭上，用那一小截厚紙板搧風。

兩個人安靜地坐著，邱行低頭擺弄手機，林以然則看著前方的工人來來回回地卸貨。她臉邊的碎髮隨著那一點點風有節奏地跟著擺動，微涼的風隔著一點距離吹到邱行身上。

隔了一陣子，邱行把手機遞了過來。

林以然看看他，接過來問：「怎麼了？」

邱行沒回答，下巴朝手機點了點，讓她自己看。他手臂支在屈著的膝蓋上，沉默地轉回頭看著前面。他總是這副樣子，既像漠然，也像不耐煩。

林以然已經習慣了他不愛說話，低頭看了他的手機，接著非常意外地又抬起頭去看邱行。

手機上是聊天畫面，裡面是別人傳過來的照片。拍了幾十張報考指南書頁。

訊息記錄滑到最上方，是邱行傳給對方的訊息：『報考指南文組一本那幾頁拍照傳給我。』

林昶：『你幹嘛用啊邱哥？誰用？』

邱行：『兩本都拍。』

接著就是對方連續傳來的幾十張圖。

林以然看看手機，又看看邱行。邱行依然是那副模樣，可林以然此刻卻有些發愣。

她應該說「謝謝」。

她和邱行根本算不上熟，可這幾天下來，到了如今，甚至連跟邱行說聲「謝謝」都覺得有些蒼白。

「好好想，別亂選，讀了後悔。」邱行說。

林以然點了頭，覺得他看不見，又說：「好的。」

「有看不清楚的直接跟他說，讓他再拍。」邱行淡淡地說。

「好。」林以然看著邱行，還是輕聲說：「謝謝。」

邱行沒再說話，往後靠著身後的院牆，頭倚著牆，閉上眼睛歇息。他手上、手臂上還蹭著剛才去車頂掀篷布染上的黑，因為裝完車還要再扣上，所以他沒去洗手。

他總是這麼不修邊幅，跟路上見到的那些貨車司機沒什麼兩樣，只是穿得更俐落點，人更年輕點。

邱行的手機也總是髒兮兮的，還因為經常隨手放和從口袋裡滑落，手機後蓋坑坑窪窪，邊邊角角也都刮花了。

林以然拿著他的手機回了車上，用邱行的紙和筆把幾所關注的學校資訊記了下來。中間林昶傳訊息給邱行，問他：『邱哥你哪天回來啊？我把書送去給你唄。』

隔了一下又傳：『哥你下次出門帶上我唄？我跟你出去轉轉。』

工人在後面裝車，有些重量的貨成捆地砸上來，林以然能感受到每一捆貨物裝上車時車身的輕微顫動。

邱行從車下走過，路過林以然這側車門的時候抬手遞給她一瓶冰水。

林以然伸手接了過來，邱行又走了。

等到邱行再上車已經過了快兩個小時，天早已黑透，邱行把車開上公路，林以然在他上車時關了車裡的燈，以免影響他視線。

邱行問她：「都看好了？」

林以然「嗯」了聲說：「差不多了。」

「選哪個？」

林以然把紙上寫的幾個念了出來，幾乎都是昨天邱行提過的。

邱行又問：「就這個順序是吧？」

林以然點頭：「對。」

「嗯，」邱行說：「妳自己看好了就行。」

剛才邱行給的那瓶水放在車門邊，瓶身上掛著一層小水珠。林以然抽了兩張衛生紙把瓶子擦乾，又將這兩張潮濕的衛生紙折了折。

她將邱行的兩個手機拿了過來，低著頭開始安靜地擦。

邱行視線都沒轉一下，對她拿手機的動作毫不在意。

林以然把邱行兩個手機擦得乾乾淨淨後放回去，把用過的紙團裝在一個塑膠袋裡。

剛才林以然在車上坐了挺久，車裡始終悶熱，她熱得出了汗，臉泛著脹熱的紅。這時車開起來，風從車窗外吹過來，林以然把脖子後的碎髮整理了一下，重新綁了頭髮。

「累了吧？」邱行出聲問她。

「沒。」林以然回答說：「就是有點熱。」

「今晚還是在路上睡。」

林以然剛要說「沒關係」，邱行就繼續說了下去。

「明天下午能到花城，離霖州高鐵一小時。」邱行看著前方，又說：「到了花城妳就可以下車了。」

這是原本就決定好的，林以然在花城下車，然後去霖州待完她剩下的假期。等到開學她就可以有新的生活。

「好的。」林以然點點頭說。

林以然側過頭看著車窗外，風吹得她只能瞇起眼睛。

高速公路本應乏味，可這幾天林以然看下來，發現其實每個省份的風景都不太一樣。有的多山，有的種玉米，有的是水。天黑了以後，小村莊裡的點點燈光讓人覺得溫暖。

明明是連續不斷的公路，卻每隔一段路就有新的風景。

在這段顛簸輾轉的路途中，林以然並沒有覺得辛苦。

她只覺得自由，覺得安全。

在林以然下車之前，她把駕駛室又簡單收拾了下。這兩天她已經收拾了不少，髒的地方擦了，特別亂的收納箱也整理了，車前面放了盒空氣清新劑。空氣清新劑是前天在服務區超市買的，味道不重，雖然算不上好聞，但好過原本車上的陳舊味道。

她在收拾東西的時候邱行通常注意不到，邱行常常不在意周圍的環境，有時也聽不見別人說話。他對周圍的事總不關注，不開車、不和人交流時，他經常沉在自己的世界裡發呆。

早上邱行換下昨天穿的短袖，隨手放在中間的收納箱上。林以然去洗漱時直接帶去洗了，回來搭在上層的欄杆上。

於是車廂裡在空氣清新劑以外，這天上午又多了一絲若有似無的洗衣皂味。說不上香，是一種清淡的、乾淨的味道。

「上面有個箱子。」邱行開著車，跟林以然說道。

林以然沒明白：「嗯？」

「妳上去找找。」邱行說。

林以然於是跪在椅座上，抬手去摸，摸到一個收納箱。她兩隻手托著把箱子拿下來，問邱行：「要拿什麼？」

邱行說：「裡邊應該有個舊手機。」

林以然坐回去，箱子放在腿上，裡面有很多雜物。

「我以前用的，就是打電話訊號不太好了，妳可以先用，但是妳要自己辦個門號。」

邱行目視前方，平淡地說著話。

手機很舊，邱行身上好像沒有什麼新東西，所有的都是舊的。林以然並沒有推拒，她只說了「謝謝」。她能對邱行說的，好像也只有「謝謝」。

「妳把我的號碼存起來，有事打電話給我。」邱行又說。

「好。」林以然點頭。

這一天是晴天，陽光透過前擋風玻璃灑進車廂，車裡裡變得有點熱。

這輛破舊的卡車把她從那座令人絕望的城市裡帶了出來，一路帶她向前，現在林以然要從這輛車上離開了。

邱行把她帶到花城，林以然已經收拾好自己的東西，她來去就只有這一個背包。在她下車之前，邱行給了她一遝現金，看起來有三千塊錢。

林以然連忙擺手，說：「這個不用。」

「夠妳住兩個月短租房。」邱行淡淡地說：「就這麼多，我也沒有多的給妳。」

林以然說：「真的不用，我不能要你的錢。」

邱行挑眉：「妳有錢？」

林以然點點頭：「我還有，夠用了。」

邱行也不堅持，只又說了一次：「有事打電話給我。」

「好的，」林以然看著邱行，真誠地說：「謝謝你，邱行。」

「不用謝我。」邱行說。

「要謝的，謝謝。」林以然很輕地笑了笑，對邱行說：「你把我從那個家裡帶出來，我還能帶著我的檔案，還看到這麼多我沒看到過的風景……你讓我覺得沒那麼絕望了。」

邱行沒回應她的謝謝，林以然也不在意，只繼續說：「希望你也能早一點過上你想要的生活，不要這麼累了。」

邱行轉過來看了她一眼，這時風吹起林以然鬢邊的散髮，讓她看起來比平時多了分活潑和輕盈。林以然微勾了勾嘴角，說：「等所有不容易的日子都過去了，希望我們都能開心一些。」

邱行沉默著轉了回去，林以然把邱行給她的手機裝在背包裡，邱行問她：「什麼時候去霖州？」

林以然想了想說：「我不知道，今天先找地方填志願，明天再說吧。」

邱行「嗯」了聲，說：「下車了先去辦門號。」

「好，知道了。」林以然說。

進了市區，邱行把車停在路邊，林以然背著背包跳下了車。

她關了車門，走開幾步讓邱行能在車窗裡看見她，朝邱行擺了擺手。

邱行說：「走了。」

林以然說：「一路平安，邱行。不對，一直平安。」

邱行朝她晃了晃手機。

林以然點點頭。

邱行掛了擋，準備走了。

等邱行走了之後，她就斷了和過去的最後一點關聯，在這個世界上真正只有自己一個人了。

車開走之前，林以然突然跑著繞過車頭，繞到邱行這邊車窗下面。

邱行低頭看著她，揚了揚眉。

林以然抿了抿唇，仰頭看著邱行，問他：「等我去上學了，如果你路過，我們能見面嗎？」

邱行有些意外，林以然一直仰著頭，等他回答。

「行，我打電話給妳。」邱行答應了。

林以然說了聲「好的」，然後退開，再次朝邱行擺擺手。

邱行開車走了。

卡車又舊又髒，車尾掛廂門上的車牌都被灰色糊住了，看不清數字。林以然看著車越走越遠，雙手攥著背包背帶，一直看了挺久。

一個十九歲的女孩，在升學考假期裡原本應該跟著同學或者家長出門旅遊，第一次去染頭髮、買新手機、買漂亮的裙子，去迎接自己人生的下一個階段。

而林以然只能這樣站在一個離家很遠的陌生城市的路邊，看著一輛破卡車慢慢甩開她。頭頂太陽放肆地曬著她，顯得她更加孤單和單薄。

邱行往後視鏡上看了一眼，林以然在後視鏡裡變得小小的，她一直安靜地站著。

邱行移開視線，目視前方，他的眼睛裡只有前方的路。

霖州是一座很漂亮的小城市，並不大，但古香古色。青石板路鋪著一條條小巷，這裡人說話有著一點點當地口音，但能聽得懂。

林以然背著包，手上拖著個買菜用的手拉車。

手拉車是房東借給她的，房東是一對中年夫妻，很好說話。

林以然住在他們的民宿裡，一個月租下來，只要她一千兩百塊，水電費另算。林以然說身上暫時沒有那麼多，房東也同意她先付半個月。這麼便宜的價格當然條件算不上好，老舊的房子，房間裡甚至有股下水道反上來的味道，屋子裡很潮濕。

林以然從市場買回來不少東西，都是日常用品，床單和水盆之類的。房東給了她一套床具，但她總覺得不乾淨，這幾天都是穿著衣服褲子睡的。

「阿姨，車我放在這裡了。」林以然跟房東阿姨打了招呼，把手拉車裡的東西拿了出來，車靠牆放回原來的位置。

「好好，放那裡就可以。」房東阿姨回應她，看了她買的東西一眼，笑著說：「買了這麼多哦？」

「嗯。」林以然笑笑。

「還缺什麼就跟我說，我看看有沒有閒置的拿來給妳用。」

「好的，謝謝阿姨。」林以然笑著說完，拿著東西上樓了。

她住在四樓，是這棟小公寓的最頂層。她的窗戶外面是旁邊三層樓公寓的屋頂，從她的窗戶能直接走到外面去。屋頂上有旁邊房東曬的乾菜，還有幾個空花盆和一些雜物。

林以然幾乎不拉開窗簾，窗戶也鎖得死死的。

這幾天她其實睡得並不好，不敢睡沉，睡前要一次次確認門窗都鎖好沒。旁邊房間和走廊裡傳來的聲音總是讓她不安，有人從房門口走過時，林以然會馬上醒過來，睜著眼睛看著門口，直到聲音消失。

她也時刻都帶著她的包，哪怕只是下樓買個東西，背包從不離身。畢竟現在背包就是她的全部了，她沒有家，這個世界上再也沒有一個地方能讓她完全放下戒備。

除了這個包，再也沒有什麼是屬於她的。

白天林以然買了件睡裙，花了二十九，她已經洗乾淨了。可是等到第二天晚上，她洗完澡之後依然穿上乾淨的衣服褲子，甚至連襪子都穿上了。

她撩開窗簾檢查一遍窗戶，又把窗簾拉好。

房門除了鎖好以外，門口還擋了把椅子。雖然它並沒有什麼用，也聊勝於無。

林以然關了房間的大燈，但是留著床頭燈。她和衣側躺著，面朝著窗戶，時不時朝窗戶望望。

手機被她攥在手裡。

她其實沒什麼想要聯絡的人，因為這個世界上，沒有誰真正掛念她。如若不然她也不會到今天這個地步。

她沒有補以前的號碼，而是辦了個新的。

手機裡唯一一個存號碼的聯絡人只有邱行。

通訊錄裡有兩個號碼，一個是「邱行1」，一個是「邱行2」。分別是邱行的兩個手機。

簡訊匣裡只有幾則傳過的簡訊。

林以然：『邱行，我辦好電話卡了，這是我的號碼——林小船。』

這是林以然從邱行車上下來的當天下午。

邱行晚上回覆：『填好學校了？』

林以然：『填好了。』

邱行：『住哪裡。』

林以然：『住在一個賓館。』

然後是第二天下午。

林以然：『我到霖州了。』

邱行過了一個小時才回：『有事打電話。』

林以然：『好的。』

這就是林以然用這個手機和別人的所有聯絡。她甚至連聊天軟體帳號都沒登錄，當然她也登不上去。

她每一天晚上睡覺時都緊緊握著手機，保持電量充足。就像門口那把椅子，她也不知道有什麼用，可這樣握著手機還是能讓林以然感到一點點安全。

這部舊手機就像她最後一道貼身的武器。看著磨花的後蓋和磕得坑坑點點的螢幕，林以然總能想到同樣不修邊幅的邱行。

每當想到邱行說了幾次的讓她有事打電話，林以然就會覺得自己並沒有被這個世界澈底放棄。

# 第四章　飄搖

清早六點，邱行已經在高速公路上了。

他繼續往南，去最後一個地方卸下半車，再裝滿全車，接著就能直接一路開回去，中間不用再倒貨。

邱行從來沒有空車的時候，也不用像別的貨車司機那樣等貨站配貨，有的十天半個月才能跑個短途。邱行並不缺貨，他有幾個固定的貨主，也有幾條固定的路線，變動不大。

這也是邱行留著最破的兩輛車沒賣的原因，他自己開一輛，雇兩個司機跑另外一輛。這是他爸以前最好的幾條貨線，當初他爸靠著這幾條貨線白手起家，從一輛貨車到兩輛、三輛、十輛，再到有了運輸公司，再到開了工廠。

當最後他爸賺來的一切都沒有了，邱行什麼都沒留，只留了最不值錢的兩輛報廢車。

手機在旁邊響起來，邱行看了一眼，是另外一輛車上的司機張全。

邱行接起來：「喂，小全？」

張全在手機那頭說了句什麼，聲音不大，伴著風聲，邱行沒聽清楚。

「說什麼？」邱行問。

張全提了點聲音：『邱哥，油丟了。』

邱行聲音挺平靜，只問：「什麼時候？」

『早上我們要發動，看見沒油了。』張全有點心虛地解釋，『昨天輝哥開的多，我想著讓他歇歇，昨晚我就讓他住在服務區。但我沒去！我睡在車上，半夜我還下去看了一趟，可能快天亮的時候我睡沉了，太累了，邱哥。』

邱行不想多說，沉默了幾秒，說：「知道了。」

『邱哥你別生氣啊，以後我肯定再多注意，我就是睡覺沉，真對不起邱哥。』張全在電話那頭跟邱行保證，『保證再也不會有這事了。』

邱行嘲諷地無聲笑了下，說：「你的保證沒有屁用。」

張全又說：『實在不好意思了邱哥。』

邱行問：「還在服務區？」

『嗯，想問問你，我們在這加油嗎？』張全問。

「不加你怎麼走？」邱行說：「服務區加五百，夠你開到霸州，到了霸州去小田那加，我打電話給他讓他幫你留油。」

『知道了，好嘞邱哥。』張全連連答應著。

邱行掛了電話，把手機扔在一邊。

跑長途是個熬人的活，這也是為什麼別人都說邱行在拿命換錢。路上偷油的偷電瓶的偷貨的「耗子」很多，這也是為什麼邱行把車停在服務區卻從來不在服務區裡開房間睡覺。

車上不能完全沒人，有聲音就要馬上下去看，不然丟什麼都有可能。

邱行在車上住了三年，沒睡過完整的覺，有聲音就要下去看看，他一次都沒丟過東西。

另外一輛車司機換過好幾輪，隔三岔五就要丟一次。邱行說過路上丟什麼就從薪水裡扣，但說是這麼說，半箱油一千多，真扣了司機就不幹了。

邱行的車難開，工作太多，幾乎沒什麼在家閒著的時間，司機都不願意在他車上幹。所以就算邱行脾氣不好，也沒能耐想扣就扣，想辭就辭。

林以然在她的房間裡醒過來，她是快天亮才睡沉的，前半夜幾乎是隔一陣子就醒過來一次。

醒了她沒有立刻起來，而是又閉眼躺了一下。

又是新的一天。

距離她去上學還有不到兩個月的時間。

洗漱過後，林以然背著包下了樓，她準備去不遠的麵包房買點麵包，然後去書店看書。

房東叔叔在樓下吃麵，見她下來問她：「出去啊，小妹妹？」

「早上好，叔叔，」林以然禮貌地笑笑，「我出去轉轉。」

「今天會下雨，妳最好帶把傘。」房東說。

「好的，謝謝叔叔。」林以然跟房東道了別，出了民宿的門。

去書店要坐公車，林以然之前特地去市場換了零錢，方便坐公車用。這條線路上沒有學校，清早的公車上人並不多。林以然坐在後排，隨著車前行的節奏跟著搖搖晃晃。

公車路過穿城而過的一條河，雨季河水豐盈，緩緩流動，為這座古城帶來湧動的生命力。

林以然拿出舊手機拍了照片，覺得這座城市安靜、安穩。

還算安穩的日子過了幾天，林以然白天去書店看書，晚上回她的小房間睡覺。黑夜比白天難熬，白天她在人群裡，入眼處處都安全，到了晚上卻哪裡都不會讓她覺得安全。

這一天晚上窗外平臺上有人家擺了爐子燒烤，一家人吃吃喝喝，晚上還掛了燈。

窗外總有人影在晃，林以然一直沒開房間裡的燈，保持著房間從外面看是黑暗的，直到外面聚會散了才去洗手間洗澡，出來還是穿得很整齊。她總要保證自己隨時能離開任何地方。

穿好衣服才回洗手間吹頭髮，吹風機是她在雜貨店買的最便宜的，打開時聲音很大，風卻很小，而且時間久了會有一點燒焦的糊味。

林以然頭髮長且多，吹頭髮要花挺長時間，但她總擔心吹風機溫度過高，所以只能吹到半乾。

收起吹風機從洗手間出來，林以然走路的腳步倏然定住了。她死死盯著窗戶的方向——剛剛那家人燒烤的燈還沒收起來，外面還有光，此刻窗戶那裡有個人形的影子，而且離窗戶很近。

林以然站在洗手間門口，一時間停了所有動作，甚至連呼吸都失去了。

她驚慌地看著窗戶，看著那個人影輕輕晃著，動來動去。

林以然整個人都在抖，手機在床邊，背包在門口椅子上。

她深吸幾口氣，放輕腳步，貼著牆一步一步走過去。等到離窗戶很近了，她才快走一步，猛地一把扯開窗簾，老式的窗簾桿和窗簾的鐵環迅速摩擦發出刺耳的「唰啦」聲——

儘管有了心理準備，可在拉開窗簾的一瞬間看到真的有人，還是讓林以然的心臟猛地一顫，接著拚命跳動起來。

外面的人也被嚇了一跳，「啊！」地喊了一聲，後退兩大步。

是個看起來十二三歲的胖男孩，留著短短的平頭，林以然拉開簾子前他正微彎著身子從窗簾窄窄的縫裡朝裡望。

他沒想到房間裡有人，看見林以然之後愣了幾秒，之後轉身大步跑了，走前還收走了剛才那家人掛起來的燈。

儘管只是隔壁人家的男孩，或許他並沒有惡意，只是出於小孩子對未知住客的好奇，可這仍然讓林以然在接下來的一夜裡完全不敢合眼。

她一直瞪著窗戶的方向，一點風吹草動都讓她神經緊繃。這個簡陋而陳舊的小房間足以讓她容身，可也僅僅這樣了。林以然在黑夜裡眼睛乾澀地看著被窗簾擋得澈底的窗戶，心跳一直沒有恢復平穩。

因為整夜沒有睡過，第二天林以然沒有去書店看書，也沒有出門。她選擇在白天睡覺，甚至沒有吃東西。

緊張的神經一直沒有得到緩解，淺淺睡著的林以然一段一段做了很多夢。夢裡她一直很慌張，總是在躲著，或者拚命地奔跑。

她一整天沒有出去，用被子包裹著自己，睡一時醒一時。

天黑以後她昏昏沉沉地做著夢，短促的簡訊鈴聲把林以然從噩夢裡叫醒，她猛地睜開眼睛。

夢裡的惶恐還沒有散去，林以然睜著眼睛緩了半天才伸手去拿手機。本以為是垃圾簡訊，打開卻發現並不是。

『在霖州是吧？』

剛醒過來她的思緒不是很清晰，知道她號碼的人只有邱行，所以林以然在前面十幾秒鐘的時間裡以為這是邱行。

手指放在鍵盤上，已經要回覆了，卻在清醒點之後停了動作。

這不是邱行的號碼，邱行也不會這樣問她。

這時對面又傳來一則簡訊。

林以然突然覺得自己在上一段噩夢裡並沒有真正醒來，而是直接切換到了下一個噩夢裡。

——簡訊上寫的是她現在的住址。

精確到這條街道上這家民宿的名字。

林以然臉色變得蒼白，拿著手機的手指在發抖。

恐懼席捲，讓她僵硬著側躺在床上，動也動不了。

她覺得這樣的自己就像一具屍體。

陳舊的小房間狹窄擁擠，卻又空空蕩蕩。林以然覺得自己既像屍體，也像老鼠躲在洞裡。

如果看見的這則簡訊是真的，此刻的一切都是真的，如果這不是夢。

那麼她既怕天黑，也怕天亮。

邱行在天黑之後到了貨站，正在跟貨主說話。貨主是他爸爸的舊友，對邱行一直不錯。邱行跟他們說話時總是笑著的，和平時的他很不一樣，顯得人很機靈，也就這時候才有點二十出頭的樣子。這些叔叔伯伯總說他比他爸聰明，他爸年輕時倔強，脾氣上來了說話不好聽。不像邱行這麼招人喜歡。

「德叔，上次你拐我六噸，你別當我不知道。」邱行叼著剛才貨主給的菸，沒點燃，對方遞過來，他只接過叼著。

「誰拐你了！」對方搖頭否認。

「我有噸數的，叔，你還瞞我。我在高速公路上差點受罰，我過了三遍秤才挑輕兩噸半。」邱行話裡還挺委屈，「你是我叔，你拐我就拐我，你告訴我一聲啊，這我沒防備，真罰款了我要白跑好幾天。」

「不可能，絕對沒有。」貨主吐了口煙，笑著說。

「還不承認呢？」邱行也笑，撞撞對方肩膀，「我當時沒打電話給你，你還真當姪子不知道啊？你姪子過磅有沒有數你還不知道？」

對方不再說話，只哧哧地笑。

邱行問他：「這次多少？」

「三十三噸半。」對方說。

「實數？別我一過磅四十了。」邱行說。

貨主笑著點頭：「實數。」

邱行又撞撞他，說：「我不信你，肯定還有水分，你給我算三十五。」

「我說實數就是實數，這次沒水分。」

邱行耍賴，說：「那你上次坑我六噸，你家大業大還拐你姪子的啊？三十五三十五。」

對方咬著菸不出聲，只是笑。

邱行回頭朝另一邊遙遙地喊：「王會計，三十五噸！你給我還是那邊貨主給我？」

王會計喊著回：「我給！」

邱行強調：「三十五噸啊！」

王會計又喊了聲，表示聽見了。

德叔在這邊笑著罵他：「兔崽子，一點也不吃虧的！」

手機在口袋裡震動了一下，當時邱行還在嬉皮笑臉地和德叔說話。他從口袋裡掏出來隨意地看了一眼。

林小船：『邱行，這是你嗎？』

後面還有一串號碼。

邱行回覆：『不是。』

林以然沒再回覆，邱行隨手拿著手機，接著和德叔說話。

德叔問他還欠多少，邱行說沒多少了。

德叔說：「叔坑你點歸坑你點，但你要是真有難處也跟叔說，叔拿給你。欠誰的都是欠，欠我的我慢慢拿運費扣你。」

「謝謝叔。」邱行笑了下，說：「快還完了，先不用，等我真撐不住了跟你說。」

「我當初困難得求爺爺告奶奶的，你爸拿了三十給我。」德叔把菸頭扔地上踩滅了，說：「這三十讓我緩過來，要不然我說不定就把廠子賣了。」

這事邱行知道。因為這事，所以這麼多年裡，不管是邱行他爸的運輸公司還是如今的邱行，德叔給的運費一直比正常價高不少，給錢也從來不拖延。跑一趟貨下來用邱行的車比別人的貴，德叔還是幫他留著貨。反正用邱行也放心，畢竟幾十萬的貨，不是誰的車都敢用。

德叔留邱行在家裡吃飯，晚上在家裡住一宿，明早再走。邱行沒拒絕，說早餓了。

等德叔去讓德嬸準備飯，邱行想起來，傳簡訊給林以然。

邱行：『怎麼了？』

從這一天開始，林以然總是能收到陌生號碼打電話給她。林以然一通都不敢接，卻也不敢關機。她怕漏收到簡訊，收到簡訊雖然恐怖，卻也能讓她知道對方在盯著她。

如果關了機，林以然只會更加恐懼。

她在第二天白天買了去隔壁城市的火車票，也真的坐火車去了。在那裡她用自己的身分證開了三天的便宜賓館，然後當天又去車站搭了黑車，回了霖城。

她仍然回到原來的民宿，房東阿姨還問她吃過飯沒，林以然聽到有人和她說話下意識嚇了一跳，然後才說：「我吃過了，阿姨。」

「怎麼臉色不好？」房東阿姨關心地說：「白天出去可不要中暑了。」

林以然勉強笑了笑，說：「謝謝阿姨。」

她回到房間，坐在床邊發了好久的呆。

這一天她一直很緊張，總是小心地看著周圍的每一個人，也不敢離別人太近。

當天晚上她就收到對方的簡訊：『去臨陽了？沒用的，小妹妹，躲不是辦法，我們好好聊一聊，我們只想找妳爸，不會逼妳。』

林以然打開簡訊之前先深吸了兩口氣，看完後閉上眼睛，抱著自己的膝蓋。

恐懼像一張巨網，把林以然捆得毫無力氣，連呼吸都顫抖。

她涉世未深，也太年輕了。

這一年裡經歷的一切對她來說太過艱難，也太難熬了。

林以然把自己鎖在房間裡，不敢出去。

她就像不能見光的東西，不敢被任何人看見。外面的一切都是未知的，充滿危險。

她不知道哪一個人的眼睛是在盯著她，她怕出去了就被別人發現她並沒有真的在臨陽。

手機鈴聲每一次響起都讓她恐懼，於是她把手機調成震動模式。

震動聲隔一陣子便傳過來，林以然不再把它握在手裡，而是放在一邊。陌生號碼換了幾個，中間還穿插著簡訊。

簡訊裡並沒有髒話和直白的恐嚇，甚至態度很好，只說想和她談談。林以然想過報警，可她無法永遠住在警察局。

天黑以後她也不敢開燈，只抱著自己的背包坐在床邊。

邱行說讓她先躲著，可林以然覺得自己無處可逃。

在這間黑暗的小屋裡，林以然腦子裡想的是自己被困在家裡的那幾天，外面都是追債的人，他們時不時進來嚇一嚇她，然後再出去。

還有她被邱行帶出來的那天早上，家裡那個只穿著內褲的中年男人。林以然記得他的眼神，赤裸的、猥瑣的打量掃過她全身。

林以然覺得自己像是已經被抓住了，周圍都是男人，她恐懼得想吐。

其實她很少想起她爸爸，更多的時間裡，她只想念媽媽。

可這時的林以然突然很好奇，她的爸爸知道她現在面對這些嗎？把她一個人留在家裡時，他心裡是怎麼想的？

無論他的原因是怎麼樣的，此刻林以然前所未有地恨他。

新的簡訊傳來——

『小妹妹，妳沒在臨陽，還在霖城，對吧？妳接電話。』

林以然一瞬間扔開手機，把臉埋在胸前，額頭緊貼著膝蓋。

她果然無處可逃。

門外越來越近的腳步聲讓林以然抬起頭，她死死盯著房門，神經繃得像是要斷了。

當腳步聲停在門口，房門被敲響的瞬間，林以然拎起背包跳起來，扯開窗簾推開窗戶。

「誰？」

林以然的聲音還算鎮定，只是細聽的話，能聽出氣息顫抖。

她已經背好了包，手扶在窗邊，準備隨時跳出去。

門外的人聲音平靜冷淡，和房間裡的緊張氣氛很矛盾：「開門。」

林以然眼睫微顫，聽見門外的人又說：「我，邱行。」

林以然瞬間震驚地睜大了眼睛，隨後立刻大步跑過去開了門。

邱行站在門口，用著和他以往毫無二致的平淡眼神看著她。

這是第三次，在林以然極度驚惶絕望的時刻，邱行出現在她眼前，就這麼冷靜地看著她，擺著一副事不關己的臉。然後再用這張面無表情的臉隨手把她從絕境裡帶出去。他是林以然的施救者，不管他看起來多麼冷漠。

林以然胸腔劇烈鼓動，鼻子發酸，眼淚倏然砸下來。

她上前用冰涼的兩隻手無措地緊緊攥住邱行一隻手臂，仰頭看著他說：「邱行，你帶我走吧。」

邱行沒甩開她，只朝屋裡抬了抬下巴，說：「收拾妳的東西。」

林以然說：「已經收拾好了，都在背包裡。」

借著走廊的燈，邱行掃了房間裡頭一眼，問：「衣服不要了？」

林以然回頭看了之前洗的搭在椅背上的一件衣服一眼，手還攥著邱行的手臂沒有鬆開，回過身慌張地搖搖頭。

邱行用另一隻手拍開房門邊牆壁上的燈，屋子裡驟然亮了起來。

「要用的東西都帶著，我在這等妳。」邱行說。

林以然跟在邱行後面下了樓，樓下房東阿姨見她像是哭過，笑著問她：「看到男朋友喜極而泣啦？」

林以然彎彎嘴角，牽強地笑了下，沒有多說。

「剛才他問妳住哪間，說打妳電話不接，我就猜是吵架了。」房東阿姨笑咪咪地接著說：「男朋友還挺帥的咧。」

林以然沒接話，之後抱歉地過去跟她說不再繼續住了。

她繳了半個月的房錢，現在還沒住滿。雖然最初按照整月租才給她的價格，但林以然提出剩下的房費也不用退了，房東阿姨就沒有說太多，而且沒有和她另算水電費。

交過鑰匙，和房東阿姨說了再見，林以然便跟著邱行出了民宿的門。

她落後一步走在邱行身後，儘管此刻走在人來人往的街上，可她卻不覺得那麼害怕了，也不再怕被別人看到自己。

她背著包，手上還拎著一個袋子，裡面是她新添置的用品，就連床單枕套被罩也疊好帶走了。

邱行走路頭也不回，兩手空空。路旁坐著閒聊的老人追隨著他們的腳步跟著望過來，這畫面其實是有些滑稽的。

路人看來他們確實像吵了架的男女朋友，男孩子個子挺高的什麼也不拿，女孩子卻大包小包跟在後頭。

手機依然在口袋裡震動著，對林以然來說，它卻不再如魔音一般令人恐懼。

善良熱情的房東夫婦不會讓她覺得安全，街上熙熙攘攘的人群更是讓她覺得危險。然而邱行可以。

儘管他只有一個人，過著狼狽得如同流浪一般的生活。可當他在視線裡的時候，林以然感到自己是安全的。

邱行是搭車過來的，霖州市區裡沒有通行證貨車不能進。他的車停在高速公路口，停在一輛交警車旁邊，這樣不用擔心丟東西。

林以然自覺地爬上了車。

車上還跟她下車前一樣，只是比她那時剛收拾過的要亂一些。邱行拿什麼東西總是隨拿隨放，不怎麼收拾，所以車裡很亂。

前面擺的空氣清新劑幾乎已經蒸發沒了，每天在前面曬著乾得很快，裡面只剩下幾團乾了的結塊，發出一點點並不強烈的劣質香味。

林以然像以前一樣把她的背包放在腳邊，這次多了個袋子，比之前更擠一些。

邱行從駕駛座上了車，啟動把車開走了。

車廂裡安靜了一段時間，邱行是原本就話少，林以然是不知道要說什麼。她開口也只能對邱行說「謝謝」，可她已經說過太多次了。

當晚他們依然停在服務區，林以然拿著洗漱用具去洗手間時，邱行留在車裡，林以然就沒再背她的包。

回到邱行的車上就失去了每天洗澡的條件，只能在服務區的洗手間盡可能地把自己收拾乾淨。可林以然還是覺得很好，比她租的小房間好很多。

回到車上時林以然發現車上有了點變化，原本上層鋪散開堆著的雜物被塞進箱子裡放到一邊，塞不下的邱行的衣服裝了一個紙袋擠在下層角落。

「妳睡下面，我上去睡。」邱行和她說。

林以然想說不用，想說自己像之前那樣坐著睡就可以。她之前很怕麻煩邱行，可都麻煩了這麼多次，如今再說類似「不用麻煩了」的話倒顯得多餘。

林以然便輕聲應：「好的。」又說：「你在上面是不是不方便？我去上面也可以。」

邱行問：「妳上得去嗎？」

林以然仰頭看了看，說：「能。」

「那妳上去吧，我半夜要起來。」邱行說完便拿著他的洗漱包下了車。

邱行把原本下層的那條薄被塞到上面來，常年在車上放著的被子自然有股這輛車上並不好聞的味道。

林以然站在中間平臺上，彎著身子把被子鋪平整，然後拿了自己帶出來的床單，折得窄窄的，鋪在上面。

車上只有一個枕頭，林以然從自己背包裡拿了幾件衣服，捲起來當作枕頭。

邱行回來時她已經躺上去了，也點好了蚊香。邱行把車從裡面上了鎖，只留了前座兩側的半扇窗戶。

下鋪兩側有打不開的一小扇窗戶，上面掛著簾子可以遮上，邱行從來不遮。旁邊剛停了一輛車，離他們有點近。林以然的上層沒有窗戶，所以外面看不到。這窄窄的小橫鋪只容得下一個人，睜眼就是車廂棚頂。在這輛露天席地的卡車裡，在這小小的方寸之間，林以然被強烈的安全感包裹著，感到自己踩在地上，沉甸甸地踏實。很快便覺得自己睏了。

「妳就在我車上吧，到妳開學之前。妳的身分證先別用了。」邱行躺在下面，開口說話時林以然已經快要睡著了。

林以然睜開眼睛，抿了抿嘴唇，很抱歉地說：「我知道帶著我會有點麻煩，可我確實……」

她有些難為情地說下去：「我確實不敢一個人。我會儘量不給你添麻煩，對不起，邱行。」

邱行的聲音還是冷冷淡淡：「我顧不上妳，有事妳自己說。不方便的地方妳自己克服，或者想下車就跟我說。」

「好的，」林以然又說了一次，「謝謝。」

邱行說完就睡了，林以然躺在那裡放空片刻，接著也很快睡著了。

她睡了這段時間以來最沉的一覺，夜裡邱行下車上車的聲音她隱約聽見了，但沒有醒來。

她一夜無夢地睡到第二天一早，睜眼時車已經開在路上了。

裝滿貨沉重的卡車轟轟隆隆地響，林以然震驚自己竟然睡得這麼沉。

她這個角度看見的是邱行的頭頂。或許是一直坐在車上太累了，邱行開車時坐得沒那麼直，是相對放鬆的姿勢，背有一點點微彎。左手肘屈起來搭著車窗沿，右手放在方向盤上。

儘管看不見他的臉，也能夠想像到他的表情和眼神，一定是平靜地看著前方。

林以然醒來時是朝前側著的姿勢，微微蜷縮起來。她保持一陣子這個姿勢沒動，睜著眼睛安靜地看著前面。

從這裡往前方望去，跟坐在副駕駛座上的角度不一樣。

天空大朵大朵的雲彩連成片，綿綿延延地遮著他們的頭頂。雲彩遮不住的地方，是澄澈的藍色。天空藍有了實質，既藍得純粹，又覺得它透明。

剛睡醒這樣直視著明亮的天空會有點睜不開眼睛，林以然瞇了瞇眼睛，看著沒有盡頭的公路和天空。

真漂亮。她心裡想。

她的手機昨晚沒有拿上來，放在前面收納箱裡了。卡車行駛時的聲音能掩過手機的震動聲，所以螢幕亮了又暗，暗了又亮，被邱行看見時上面已經有四通未接來電了。

邱行換左手搭著方向盤，右手把電話拿了起來。

他低頭看了一眼，是個陌生號碼。他直接接了起來。

「說話。」

林以然屏息向下看著，聽見邱行又說：「你管呢。」

「該找誰找誰去啊，你們找她有用？她也沒錢還。」

邱行嘲諷地笑了聲：「她爸要是能管她還至於到現在？做夢呢。」

電話裡不知道說什麼，邱行沉默片刻，最後說了句：「那你們就找，什麼時候找著什麼時候算。」

說完這句他就掛了電話，同時關了手機，把手機往收納箱裡隨手一扔。

接著又恢復原來的姿勢，像一切都沒有發生過。

林以然完整地聽完了邱行接她的電話。

邱行的語氣顯得十分無所謂，既不像她自己面對時那樣害怕，也毫不見針鋒相對的氣急敗壞。

他聽起來像是並沒有把對方當回事。在他的語氣下，林以然也覺得沒那麼可怕了。

林以然從上面踩了下來，靜悄悄地挪到副駕駛座坐下了。

邱行轉頭看了她一眼：「醒了？」

林以然剛下來還沒有綁頭髮，頭髮披在背上，車窗湧進來的風把她的頭髮吹起來大半，邱行看過來時林以然本來也想看著他回話，然而頭髮糊了她一臉，邱行只看到黑乎乎一顆頭。

林以然連忙把頭髮撥開，迅速在後面抓了抓綁了起來。

「醒了，」林以然有點尷尬地連忙回答，「醒了。」

邱行先是沒防備被亂飛的頭髮嚇了一跳，愣了片刻，之後平時總是波瀾不驚的臉上露出點笑意。

「頭髮太長了，」林以然把耳朵邊亂七八糟的碎頭髮掖到耳朵後面去，見邱行笑了她也有點想笑，「對不起。」

「嚇我一跳。」邱行說。

林以然不好意思地說：「你早上開出來我都不知道，我睡得太沉了。」

邱行轉回去，說：「妳不掉下來就行。」

上層幾乎沒有遮擋，短短的金屬欄杆只能用來掛衣架，擋不住人。林以然睡覺很老實，不會翻來覆去地亂動，只要不是劇烈顛簸就沒有問題。

從這一天開始，林以然正式在邱行的車上住了下來。

她在這輛破舊的卡車裡擁有了一個小小的床位。

這一天林以然在後面上上下下地忙碌，在中間一下子站起來一下子蹲下去。邱行也不在意，只顧開車，隨她像老鼠搬家一樣安靜地挪動車裡的東西。

她用自己從出租屋帶出來的床單把邱行的髒床單替換了下來，枕頭也套上了同色系的枕套。

而上鋪那條昨晚被她鋪在身下的薄被，也被她用乾淨的被罩套上了。

邱行那一袋皺巴巴的衣服被她一件件疊整齊裝起來，雜亂無章堆在箱子裡的東西也被她擺整齊，箱子都放在下鋪和副駕駛座的夾空裡。

邱行的駕駛座車門裡塞著一條舊毛巾，是邱行手很髒時擦手用的，已經看不出本色了。

林以然要了過來，中途停車休息時還去服務區買了個小水盆。

於是到了晚上，原本髒亂的車裡，已經變了個模樣。

上下兩層鋪著林以然粉色的床單枕套，一眼掃過去看不到雜物，林以然的書包擺在上鋪，旁邊是她當作枕頭的一疊衣服。

中控臺上也整整齊齊，該擦的灰塵都擦掉了，兩三件剛洗過的衣服掛在上鋪的小欄杆上，半擋著邱行的下鋪，就像半截門簾。

車裡混合著洗衣精、肥皂和空氣清新劑的味道，是香香的。

邱行白天停在服務區時幫她換過兩次水，其他時間都在開車，所以都是林以然自己收拾。

到了晚上該睡覺的時候，邱行回到車上時說：「這車從生產出來那天後就沒這麼乾淨過。」

林以然笑了下說：「下次再停在城市裡，時間夠的話我想去買點東西。」

「行。」邱行說。

晚上邱行被若有似無的香味圍起來了。

枕頭上、床單上、旁邊掛著的衣服上。都是一股隱隱約約的洗衣精香味。味道不重，但存在感強。是一種不難聞的，還挺舒服的味道。

邱行每天都很累，腦子裡塞著很多東西，沒有閒置時間想其他。

可或許是因為人的大腦中有著屬於味道的記憶區，這一晚在閉上眼睛到睡著之間這段朦朦朧朧的時間裡，邱行想起很多遙遠的畫面。

想起他家的小院，他爸買了梭子蟹回來，肩上還扛著個巨大的冬瓜。他媽坐在院子裡洗他的制服。院子中間的晾衣繩上還掛著兩件他的白色短袖，和他深藍色的足球隊服，隨著風飄來蕩去。

當然這段時間並沒有太長，邱行的時間有限，他睡得很快。

畢竟睡眠多奢侈，他哪怕睡著了也要留著神經聽外面的動靜。

但這股算得上溫柔的淺淺香味讓邱行的睡眠變得挺輕鬆，連時常皺著的眉心都舒展了很多。

# 第五章　公路

這麼一方小空間裡，他們幾乎二十四小時在一起。

邱行臉冷，但和他獨處並不難，可以說得上輕鬆。邱行多半時間都在開車，和他說話要多叫他兩次，不然他可能注意不到。和他說話也要直接，省去不必要的客氣，他對那些禮貌的客套話基本不會回應，他習慣有話直說。如果適應他這些，會發現其實他僅僅只是臉冷，實際上很好相處。

林以然又是個事不多的人，沒多嬌氣，適應性很強，不到不得已不會麻煩別人。這使得他們在接下來的時間裡相處的意外和諧。

「邱行。」林以然本來蜷著腿坐在副駕駛座上從車窗看外面，轉回來看了邱行兩眼，叫他。

邱行沒反應，林以然便又喊了他一聲。

見邱行還是沒出聲，林以然探身過去，輕輕地碰了碰他的手臂。

邱行轉過頭：「怎麼了？」

林以然問他：「你是不是睏了？」

邱行說：「沒有。」

「要不然你休息一下吧？」林以然看著他說：「我看你像是睏了。」

「沒睏，」邱行晃了晃頭，說：「累了。」

林以然回身從後面拿了瓶水，擰開遞給邱行：「等下到服務區休息一下吧。」

邱行接過來喝了口，說：「嗯。」

瓶蓋還在林以然手上，邱行喝完她便伸手接過來蓋上。

「開多久了？」邱行問。

林以然看了邱行手機上的時間一眼，回答說：「三個多小時了。」

邱行又「嗯」了聲，之後便沒再說話。

如果今天趕一趕，邱行能趕在晚上回家，就不用在路上過夜，所以他今天開得比較急。

林以然在旁邊隔一陣子和他說幾句話，怕他恍神，也怕他睏。

像邱行這麼玩命一個人在路上跑長途的很少，疲勞駕駛相當危險，高速公司上一個打盹可能命都沒了。邱行就是年輕，耗自己身體，為了以最快速度還債。

債壓得他直不起腰，一天不還完他就一天站不直。邱行腰板又硬，人又倔強，所以他只能咬著牙悶頭幹。

當初都以為邱行他爸完了就是完了，該賠的錢、背的官司都一把火燒沒了，誰也沒想到他兒子能頂上。

那時無論誰來找，邱行都點頭，都認，說：「他欠的我肯定還。」

拿命頂著在路上奔了三年，到現在邱行終於快要見亮了。

晚上進市裡已經快一點了。

林以然當初坐著邱行的車從這走出去的時候以為自己再也不會回來了，沒想到這麼短的時間她又回了這裡。

可因為身邊有邱行，她竟然沒覺得多害怕。

邱行把車停進林哥的修配廠，老頭穿著背心和短褲出來幫他開大門，問他：「這麼晚回來？」

邱行從車窗探頭出去招呼了聲，遞了盒菸給老頭。

老頭接過來，問他：「明天不走吧？」

「走不了，車要收拾。摩托車在這嗎？」邱行說。

「好像在呢，沒看人騎走。」老頭說。

邱行揮了下手，把車開了進去。老頭在身後鎖了大門，恍惚間見邱行車上還有個人，抻著脖子又瞧了瞧，沒看清，回屋睡覺去了。

車已經在隔壁城市卸完了，卸車時邱行和林以然都坐在車上睡了一下，可從清早到現在，下了車林以然還是覺得很累，更別提一直開車的邱行。

卸貨前邱行爬到後面掛廂上掀篷布，把它打成捆，這讓他渾身髒得黑黢黢的。

林以然背著她的背包，邱行去院子另一邊取了摩托車，林以然跨坐上去，在身後問邱行：「我們去哪裡？」

邱行說：「我家。」

林以然隱隱感到擔憂，問：「他們會在嗎？」

邱行把摩托車從小門騎了出去，說：「無所謂。」

摩托車在深夜裡轟響，老城區依然破敗荒涼，靠在一起的兩個院子破得相似。只是邱行家這邊門窗依然是完整的，房子也沒有被砸過的痕跡。

邱行把摩托停在院子裡，林以然一步也不敢離開他，緊緊跟著邱行。

林以然在院子裡洗漱時，邱行在臺階上垂頭坐著，手肘搭著膝蓋，一個很散漫的姿勢，看得出來他非常累。

等到林以然洗漱過後，邱行說：「妳進去隨便找地方睡，我洗個澡。」

「好。」林以然答完，又怕邱行要走，便問，「你去哪裡洗？」

邱行指了指院裡，說：「這。」

林以然有點愣地點了點頭。

邱行聲音裡透著疲憊，保持剛才低著頭的姿勢，又說了句：「我就在這洗，所以妳別出來。」

「好的。」林以然連忙說：「我不出來。」

邱行直接打井水洗澡，井水哪怕在夏天也是透心涼，可邱行並不在意。

水聲在外面響起，邱行洗得粗魯又大刀闊斧，林以然聽著水聲，並沒有多麼臉紅。

她和邱行白天黑夜都待在一起，有限的空間裡長久地相處使得他們陌生又親密。

或者說是根本顧不上在意，條件也不允許。

那點男女界限在生存和安全面前顯得單薄沒用，林以然只知道在邱行身邊的她安定又安穩。

邱行帶著一身冰涼的水氣進來，穿著短褲，上半身光著。

林以然蜷在沙發上已經躺好了。

邱行直接躺在床上，扯了件乾淨的短袖往臉上一蓋，幾乎沒有過渡時間，躺下就睡得死沉。

這樣能夠徹底沉睡的夜晚對邱行來說極難得，這樣的睡眠如果被吵醒會讓他發火。

林以然很早醒了，收拾好自己後回到邱行的房間，沒再出去。她安靜地坐在沙發一角，見陽光越來越亮，放輕腳步走過去拉上窗簾，替邱行擋住漫進來的日光。窗簾有條拉不上的縫，光線從中間闖進來，落在床邊地面。

邱行太累了。

他甚至睡得輕微打呼，這在平時幾乎沒有的。

邱行眉眼間長得很像他媽媽，只不過又加了些他爸爸的硬朗和英氣。

睡得這麼沉的時候表情變得比以往平和，看起來年輕了很多，有了點這個年紀男生的樣子。

等到邱行澈底睡醒睜眼時，又過了很久。

林以然正背靠著窗戶站在窗邊。邱行睜眼看見她，又閉上眼睛回了下神，清醒了點才迷迷糊糊地問她：「站這幹什麼？」

林以然稍側了側身，身後那條擋不住的光便一下子刺進來，正照著邱行眼睛的位置。

邱行一下子被亮得擰起眉，瞇上眼睛。

林以然便笑了下，站回來擋住那條縫，說：「你一直皺著眉。」

邱行這一覺睡得很舒服，昨天累得半死不活，一夜睡過去又活了。

他坐了起來，把昨晚擋臉那條短袖扯過來套在身上，邊穿邊說：「那妳就這麼站著？這麼老實呢。」

林以然只是笑了下，邱行穿上衣服出去，林以然沒跟著。

邱行走出去問她：「去妳家看過沒？」

林以然拉開窗簾，陽光瞬間灑進來，林以然隔著窗戶說：「我不敢。」

邱行朝她家房子那邊看了一眼，說：「等等去。」

房子澈底空了。

自從上次邱行把林以然帶走了以後，這邊可能就沒人盯著了，他們也知道林以然不會回來了。

林以然又裝了點自己的衣服，還拿了幾本書，另外拿了一套床具和一個枕頭、一條被褥。

邱行在門口倚著等她，臉朝著門外打電話。

這次時間非常從容，不慌不忙，林以然慢慢悠悠地收拾自己的行李，甚至把洗髮精都帶走了。

邱行騎著摩托車，車上載著林以然和她的行李捲。開去修配廠的路上，總有人側目看他們。

摩托車在老城區的舊街道上穿行，林以然卻只看著眼前邱行的後背。他的衣服穿得實在舊了，褪了色的T恤上有些泛白，這樣微彎著背的時候，隔著薄薄的衣料能看清肌肉和骨骼的形狀。

如果放到兩個月以前，林以然無論如何也想不到自己升學考後的這個假期，會如此這般地抱著自己的枕頭被褥坐在一個男人的摩托車後座。

這顯得荒唐而又離經叛道。

可在此刻，眼前的一切都理所當然得令她心生感激。

白天的修配廠裡人很多，門口圍著一圈人席地而坐地閒聊，都是各個車上的司機。林哥也在，他兒子林昶也在。

見邱行載著個女孩子過來，司機們故意打趣他，開他玩笑。

邱行沒停，直接把摩托車騎到他自己的車旁邊，林以然下了車，邱行才又騎了回去。

「我靠，這還是上次那女生吧？」林昶從地上跳起來，腿一邁跨上邱行的後座，搭著他肩膀說：「邱哥還是你行啊！悶聲幹大事。」

邱行甩開他的手，下了車，把鑰匙拔了扔給他。

「你這就拐出來了？跟你車走？」林昶還跨在摩托車上，吼著問邱行，「我說我要跟你車你不回我呢！」

邱行不理他的話，別的司機跟他開黃腔玩笑，邱行也沒理，不太想理地說了句：「不是那回事。」

「那是哪回事啊？人都帶上車了！」林昶跟了過來，撞撞邱行肩膀，「邱哥我就說她漂亮吧？上次我說你還跟我裝，轉頭你就搞上了。」

邱行煩他，對他沒好臉色，只過去跟林哥說修車的事。

林以然遙遙地往車上看，林以然在車上鋪她的行李，她猜測外面不會說什麼好話，剛才在門口那些曖昧的玩笑她聽見了。

但她無條件地相信邱行不會參與進那些黃色玩笑裡。

邱行在門口說話的時間林以然一直沒下車，之後邱行遠遠地走過來，站在車門旁邊。

「我去吃飯，妳跟我去還是等我帶回來。」邱行抬頭和她說話。

「跟你去。」林以然馬上說。

「那下來。」邱行說完又提醒，「包背著。」

「背著了。」林以然推開車門跳下來，問邱行，「車鑰匙沒拿，要拿嗎？」

「不用，放著就行。」

邱行走在前面，林以然背著包跟在後面。

修配廠裡的工人和司機認識邱行的會和他笑兩聲，或者調侃地打聲招呼，邱行也不搭腔。

「妳在我車上，別人說不出好聽的話，當沒聽見就行了。」邱行說。

「好的。」林以然說。

「不用跟他們說話，跟妳說話也不用回。」邱行又說。

「知道了。」林以然在後頭乖乖地回答。

「出去啊，邱哥？」走到門口時林昶問他。

不等邱行說話，他就自己湊了上來，說：「我也去。」

他故意落後邱行一步，這樣幾乎是貼著林以然，視線放肆地在她臉上掃。

林以然不去看他，只當沒有這個人。

邱行用手肘頂了林昶一下，讓他別賤。同時伸手向後拎著手臂把林以然往前帶了帶，之後手虛搭著她背包，讓她走自己前面。

「走我前面。」邱行說。

邱行本來在這裡就是話題中心，從他爸出事到現在，唏噓的、同情的、看笑話的、眼紅的，一雙雙眼睛都盯著邱行。

邱行並不完全像他爸，跟周圍這些養大車的車主或者司機更是不同。他原本就是個算得上養尊處優的小少爺，像現在的林昶一樣，是老林不聽話的臭小子，高中畢業就能每天開著奧迪到處轉。

只不過不同的是，邱行是邱養正整天掛在嘴上炫耀的兒子，邱養正每次提起自己那個爭氣的兒子，嘴都樂得閉不上，話裡話外明著嫌棄暗著炫耀，聽著別人誇他兒子就裝模作樣地說「也就那麼回事吧」。

恭維著跟著誇的邱養正的爭氣兒子，如今落得和他們一樣，土裡來泥裡去，在高速公路上沒日沒夜地混得人不人鬼不鬼，這事本身就是話題。

現在車上還帶了個漂亮女孩，這更是為原本就故事感十足的話題增加了點顏色趣味。

到底是年輕唄，耐不住在公路上乾熬，幫自己找點樂子。

邱行把口袋裡的現金掏出來，放在桌上，又轉身去另一邊的櫃子裡拿了驗鈔機出來插上電源。

他用腳勾了個塑膠凳子過來跨坐上去，等驗鈔機啟動了開始過他的現金。驗鈔機過鈔的聲音響起來，林哥倚著床頭咬著菸在手機上玩撲克牌。

「別玩了，過來結帳了。」邱行叫他。

「自己結吧，等等給我個數。」林哥說。

「別，你過來看著點。」邱行說。

「沒那份閒心。」林哥頭都不抬，視線專注在撲克牌上。

邱行就不再叫他，現金過了兩遍，手機轉帳又轉了五千過去，說：「收款了哥，剩下的下次結。」

「看見了，等等收。」林哥抬眼皮掃他一眼，「手上還有錢嗎？你知道我不著急，那車上的兩個司機別欠他們薪水，日子到了就給錢，別不好好幹活。」

「有，我留了。」邱行站起來去洗手，「從來不拖司機的，我可不敢。」

「雇人幹活就這麼回事，你爸以前天天讓司機氣得破馬張飛[2]的。」

「我也快了，」邱行自嘲一笑，「又丟了一千多的油。」

林哥也笑了聲：「扣錢就不丟了。」

2 東北方言，形容一個人張牙舞爪，焦急的模樣。

邱行洗完手沒東西擦，隨手在衣服上蹭了蹭，回來說：「扣完我還要再找人，找不著。將就吧，到年底我差不多能還完，那車我就賣了。」

「你開的這個呢？」林哥問他。

邱行說：「我再開一段時間，要存點錢。」

「你差不多就別幹了。」林哥勸他，「別讓自己搞得一身病，再過幾年都會找上門。」

邱行點頭說：「我有數。」

邱行和人在房間裡說話，林以然沒跟進去，而是在外面客廳靠牆站著。

林嫂端了水果出來給她，林以然連忙道了謝。

「過來坐呀，怎麼站著。」林嫂朝她招手，拉她去坐。

林以然便過去坐下，林嫂人很親和，一直往林以然手裡塞水果讓她吃，一邊和她聊天。

林嫂誇她長得漂亮，說她秀氣，還白，水靈靈的。

林以然不知道該怎麼稱呼林嫂，按年紀她要叫「阿姨」，但是邱行叫「嫂子」，林以然怎麼叫都不太對。

「妳多大了？」林嫂問她。

「我十九。」林以然答說。

「看起來就小，比我兒子還小一歲呢。」林嫂沒接著問她上不上學，轉開話題聊別的。

一個女孩子，小小年紀就跟著男生談戀愛住在車上，這聽起來不像家教嚴格的人家的女孩，多半可能跟邱行一樣不上學了。

邱行說完話出來，像是要走。

林以然便馬上站起來，跟林嫂道別，林嫂讓她下次再來玩。

這次邱行在家待了兩天，走前林袓又和他說要跟他車走一趟。

邱行說：「不方便。」

「你領個女孩子出門你不說不方便，到我這說不方便了。」林袓說：「我又不耽誤你的事。」

「沒地方，」邱行把他往旁邊推推，「別煩我。」

「我收拾東西去了啊，等等放你車上，晚上帶著我。」林袓說完真開車走了，說要回家帶點衣服。

林以然在後面聽得微微睜圓了眼睛看著邱行。

邱行走開和司機打電話去了，林以然心裡一直忐忑。

她自己本來就是一個賴著邱行不走的人，車上再多一個人她也願意挪地方，有個位置讓她坐著就行。

可如果車上不再只有她和邱行兩個人，這個空間對她來說就不是絕對安全的。她的無條件信任只針對邱行。

林以然抱著自己的包和邱行的幾件衣服站在車門旁，等邱行過來。

邱行打完電話回來還拎了袋林嫂給的水果，朝林以然抬抬下巴，示意她上車。

林以然爬上去，看著邱行，欲言又止。

邱行看過來，挑了下眉：「怎麼了？」

林以然朝外面指了指，頓了下問：「要等他嗎……」

「誰？林昶？」邱行說：「不等。」

林以然的忐忑其實寫在她的眼神裡，她自己不知道。在邱行看來有點小心翼翼的。

她猶豫地說：「那他回去取衣服了。」

邱行啟動了車：「誰管他。」

於是這輛舊卡車的駕駛室依然是林以然安全的避風港，是她能夠放下一切顧慮和警惕，不管停在哪裡都睡得著的庇護所。

車裡陳腐的舊車味越來越淡了，漸漸漫著的是各式各樣的淡香。她衣服的味道、洗髮精的味道，還有一包茉莉味很重的乾花香包的味道。

邱行原本的枕頭和被褥都被她換掉了，換成她從家裡帶出來的一套，從裡到外都是香的、柔軟的。就連下層鋪位兩邊掛著的看不出本色的髒窗簾，也被她摘下來洗過了。

這輛邱行藉以疲於奔命的車，在林以然今天一點明天一點的整理下，變得不再那麼讓人麻木，它幾乎是舒適的。

就連邱行在晚上睡覺時似乎都沒那麼常皺眉了。它讓邱行看起來更有人氣，而不是渾渾噩噩度日。

邱行在車上睡眠淺，有點聲音就醒。

林以然睡覺老實，不怎麼動。

這天外面一直下著雨，前面窗戶開著半截，微涼的風吹進來，是很舒服的溫度。白噪音更是催眠，這本來是個能睡得很好的晚上。

「林小船。」邱行在黑暗中睜開眼睛，叫她。

林以然沒想到他醒著，被他突然出聲嚇了一跳，深吸口氣才問：「你醒了？怎麼了？」

邱行問她：「妳怎麼了？」

林以然蜷著側躺在那裡，身上裹著毯子，驚訝地頓了頓，才小聲回答：「沒怎麼啊……」

邱行又問：「妳不睡覺翻來翻去的幹什麼？」

「啊……」林以然抱歉地說：「吵醒你了嗎？」

「怎麼了，」邱行坐了起來，「說。」

林以然把半張臉掩在毯子下，就算再不計較和邱行的性別界限，可她畢竟是個女孩子。

邱行再問就該不耐煩了，林以然儘管難為情，還是咬了咬嘴唇，悶聲說：「我沒怎麼……我就是不太舒服，你睡覺吧。」

邱行看看外面下著的雨，以為她吹感冒了，問：「我把窗戶關了？」

「不是，」林以然難堪地閉上眼睛，「我肚子疼。」

林以然說話從來不支支吾吾的，現在說得這麼吃力，邱行聽她說肚子疼就明白了。

車廂裡一時間安靜下來，變得有些尷尬。

邱行過一下問她：「要買東西嗎？去超市？」

他聲音還是跟平常一樣不帶情緒的，像在說普普通通的話。

林以然把整張臉縮進毯子裡，說：「不不，不用，你睡吧。」

邱行便躺了回去：「那我睡了。」

「好的。」林以然緊閉著眼睛，馬上回答。

邱行也不客氣，說睡就睡了。

林以然緩了半天，才把自己從毯子裡放出來，這時邱行早已經睡著了。再之後林以然不敢亂動，翻身也很小心。

然而第二天。

邱行幾乎每個服務區都停一次，跳下去休息一下，隨便轉轉。林以然不明所以，正好去洗手間。

中間有兩個服務區離得很近，相隔不到一小時。

邱行又一次把車停了，林以然沒下去，只等邱行自己下去休息一下再回來。邱行也沒下車，兩人乾坐了一陣子，邱行問她：「不下車？」

林以然搖了搖頭。

邱行又問：「那我開走了？」

林以然又茫然地點點頭。

邱行於是發動開走了。

林以然是到了下一個服務區，邱行把車直接停在洗手間門口，她才猛然明白今天邱行是怎麼回事。

邱行拿了瓶水下去，喝了兩口，然後站在一旁傳訊息。

林以然倏然有些臉熱，但同時也覺得抱歉。邱行開車向來趕時間，今天不得不停了許多次。

等兩個人再次回到車上，林以然和他說：「你不用每次都停……我要下車的話提前告訴你。」

邱行面無表情：「知道了。」

林以然現在知道他的面無表情之下並不代表他不耐煩，小聲說了句「謝謝」。

邱行看她一眼，一如既往地沒回應她的謝謝。

裝滿貨的卡車行駛在鄉道上，顛簸的土路把林以然晃得頭暈。鄉道兩邊是分隔成一格一格的池塘，在無風的傍晚，水面平靜地倒映著天空。

如果把鏡頭拉長，整個畫面都是靜的，卡車從畫面一角駛進來，轟隆隆地穿過，並沒有帶走這裡的安寧和凝在莊稼和池塘中的生活氣息。

長長的柏油路鄉道之後，是一個有著很多家庭式工廠的村子。

邱行把車開到貨站，讓林以然在車上坐著，沒讓她下車。這地方邱行來得不多，和這裡的人也沒那麼熟。林以然身體不舒服，就沒跟著他。

這裡乍一看和林哥的修配廠相似，只是停的車更多一些，司機穿著汗衫或是光著上身，下面穿著短褲，說的多數是方言。

有人叼著菸路過是往車上看，看見副駕駛座上坐的年輕漂亮的女孩，會直勾勾地盯著多看幾眼，眼神毫不克制。

林以然不知道邱行去哪了，四處看了看，沒有找到他。她把關機多日的手機打開了，然後拿著手機去後面坐，坐在邱行的鋪位上，這樣外面路過的人就看不見她。

邱行離開將近一個小時，天已經澈底黑了。

車裡的光線變得很暗，林以然靠在後面縮著，頭頂著車壁。身體的不舒服並不尖銳，但是持續不斷，這讓她在原本悶熱的夏夜裡一陣陣發冷。

手機上的訊息一則則跳出來，最近一則訊息是幾天前傳過來的，她一直不開機，對方便不再聯絡她。林以然看著這些訊息依然感到隱隱的不安，卻不會特別驚惶，儘管她知道自己不能永遠跟著邱行，假期結束她會一個人去上學，到時候她依然要面對這些。

可此刻的林以然選擇不去想它。

「林小船。」

她聽見邱行在車下喊她。

「哎。」林以然馬上應聲。

「帶著妳的東西下來。」邱行說。

「好。」林以然應完就去拿自己的包。

邱行又說：「把我的也拿下來。」

林以然已經挪到副駕駛座這邊，探頭出去問他：「拿什麼？」

「洗漱的，」邱行還要說什麼，停頓了下又說：「妳下來吧，我自己拿。」

林以然抱著她的包，邱行拎著他要換的衣服和洗漱用具，兩個人穿過這片停車場。

停車場裡的人不像剛才那麼多了，只有零星幾個。林以然感覺到有人在看著自己，是不加掩飾的打量。

不是林以然多招搖，而是在這種地方出現個女人很奇怪，更何況是個年輕女孩。她和這裡格格不入，誰都會看上幾眼。

走過停車場，穿過兩棟小樓，伴著狗叫聲，邱行帶著她走到一個巨大的院子裡。兩條大黑狗朝這邊狂吠，林以然被叫聲嚇了一跳。其中一條狗邊叫邊朝他們走過來，林以然眼睛都閉了起來，緊緊貼著邱行。

邱行沒理會，那狗離他們幾步遠就不再往前走了，只站在那裡叫。

院子裡是幾排房屋，有的亮著燈，有的窗戶黑黢黢的。

院子裡人很多，剛才那些司機大部分都在這。有坐在一起抽菸的，也有擺了小桌喝酒的。

邱行沒和誰打招呼，帶著林以然開其中一間房門，開了燈。

房間十分簡陋，裡面靠兩側牆壁擺著兩張單人床，裡面放著一張桌子，桌子上有一臺不知道年頭的液晶電視。除此之外只有桌子底下塞著的一把塑膠凳子，和牆上分別掛著的兩把電風扇。

邱行把門窗都開著，風扇也打開，跟林以然說：「妳跟我住。」

林以然連連點頭，在這樣的地方讓她自己住她也不敢。

她把自己的包放在床上，至少床單看起來還挺乾淨的，沒有明顯的髒汙痕跡。

晚上車要停在外面排著等卸貨，等等會有貨站的人過來把車開過去，別的車卸貨的聲音會一直哐哐持續，卸完貨明天四點鐘就要走。

所以今晚只能睡在這裡，林以然什麼也不問，無論條件多差，她從來沒表現出不情願或半點為難。

「廁所和浴室都在外面，我帶妳去。」邱行說。

在這種地方林以然本來不想洗澡，可她猶豫了下還是帶上了洗澡的東西，今天實在不舒服。

浴室是單獨的隔間，可以從裡面上鎖，倒是不髒，只是很舊。

林以然進去之前回頭看了邱行一眼，邱行朝她抬抬下巴，示意她進去。

他們待在一起的這段時間已經讓林以然和邱行產生了一些默契，比如現在儘管邱行沒說話，她也能夠明白邱行的意思是說自己在這等她。

邱行的一個眼神就能讓林以然踏實下來，她知道邱行不會把她留在這裡。

林以然洗完邱行讓她在裡面等一下，他去另外一間迅速沖了一遍，順便換了身衣服。

兩個人往回走的時候，邱行自顧自走在前面，林以然身上還帶著潮濕的水汽，但衣服穿得嚴嚴實實。

兩隻大黑狗依然在院子裡狂吠，林以然貼著邱行，邱行一開門她就鑽了進去。

儘管平時和邱行同住在車上，距離甚至更近一些，可這樣開一間房兩個人一起住，還是有點不一樣。

不過他們都不計較，邱行是本來就無所謂，林以然是沒有條件在意這些。

她沒用床上的枕頭，也沒蓋床上的被子。

她把邱行換下來的髒衣服套在外面，枕著自己的背包。

邱行躺在另一邊的床上，說：「有事叫我。」

林以然輕輕地應了一聲，邱行就閉上眼睛睡了。

外面漸漸安靜下來，偶爾會有人從他們門口不遠的地方路過。在這樣的地方林以然睡不著，她直直地躺在單人床上，閉著眼睛聽邱行的呼吸。

這裡不如車上讓她覺得踏實。

她放輕動作翻了個身，臉朝著牆面，蜷縮起來，兩隻手放在自己的肚子邊，攥著身上邱行的衣服。

深夜，林以然朦朦朧朧地睡了一下，也沒有睡沉。

半夢半醒間她倏然睜開眼睛，微微抬起頭朝窗戶看。

那一瞬間林以然心臟驟然一縮。

窗戶那裡有個人在朝裡看，黑暗中林以然看不清他的臉，卻能清晰地看到人的形狀。

林以然立即從床上坐起來，胸口劇烈起伏。

門口那人見她醒了，轉身走了，動作慢悠悠的，沒當回事的樣子。

這跟在出租屋時的場景那麼相似，林以然在之後很久呼吸依然很快，心臟撲騰撲騰地跳著。

她不敢再閉上眼睛，總覺得有人盯著自己。

恐懼在黑暗中包裹著她，唯一能讓她安定下來的只有邱行的呼吸。

林以然穿上鞋，靜靜地走到邱行床邊，在床腳坐了下來。

林以然是個堅強的女孩，當生活中的變故來臨，災難一環扣一環地砸在她頭上，失去了母親，又被自己的父親推到如此境地，她在經歷的這些對於一個剛剛成年的年輕孩子來說太艱難了。

但儘管如此，她依然算得上是平靜的。除了那幾次驚慌失措地向邱行求救，以外的時間她都是安靜地待在邱行身邊，在這麼難堪狼狽的境地裡，她讓自己最大限度地看起來從容。

她悲哀而難過地接受了這一切，不自怨自艾，也不在平時流眼淚。

可這天夜裡，雖然她把自己的呼吸聲壓得儘量低，邱行還是聽見了。

可能是因為不舒服，可能是因為嚇了一跳，也可能是這段時間的一切終於摧得她暫時放縱自己的情緒。

邱行睜開眼睛，看見她後背繃得很直，坐在自己腿邊，無聲地抹眼淚。

她本來就偏瘦，這段時間跟在邱行車上這麼熬，更是讓她瘦了很多。

她現在套著邱行的T恤，哪怕裡面還有一件自己的，還是顯得空蕩蕩的。肩膀後背那麼薄，脖子很細，這時微低著頭，弧度看起來單薄而脆弱。

她不知道邱行醒了，努力想讓自己呼吸得平穩小聲。

邱行讓她這樣靜靜地哭了一下，才出聲問她：「坐這幹什麼？」

林以然明顯地挺直了些，回頭朝向邱行，這次沒有道歉，只低聲說：「邱行，我害怕。」

邱行「嗯」了聲，平靜的聲音在黑暗裡聽起來莫名有些溫和：「怕什麼？」

林以然聲音裡還是能聽出來哭過，有一點點啞：「剛才窗戶那裡有個人。」

「嚇哭了？」

林以然搖頭說：「沒有。」

邱行往裡面挪了挪，身前挪出了更大的空。

林以然朝那邊看了看，然後無聲地坐了過來。

這裡是剛才邱行躺過的地方，還帶著他的體溫。這裡離邱行更近，她身後就是邱行的手臂。

邱行平躺著，閉上眼睛說：「我再睡一下，睏，等等走。」

林以然「嗯」了聲，說：「你睡。」

邱行總是沉默的，卻總能在身邊圈出小小一片安全的空地給她，地方不大，剛好讓她容身。

只要有這麼塊地方，林以然就能在任何環境裡平靜地待著，等著邱行忙完帶她走。

接下來的一段時間，她隨著邱行去了更多的地方，見了更多的陌生人，也見到了更多樣的邱行。

邱行並不只有平時看到的這副模樣，他也有笑嘻嘻地跟那些叔叔、伯伯耍嘴皮子的時候，咬著根不點燃的菸，說話嘴甜。

這種時候的邱行其實更符合林以然小時候對他的印象，皮皮的男孩。

而邱行無論去任何地方都會幫林以然留著那片小空間，不會特地交代她什麼，也不會時刻都注意著她，只是時不時往身後掃一眼。

林以然就一直在離他不遠不近的地方，視線一直跟著他。無論邱行什麼時候回頭都能和她對視上，被她柔和而持續的眼神接住。

時間久了，別人都知道邱行有個小女朋友，邱行一直帶著，還護得厲害。小女朋友不怎麼愛說話，長得很漂亮。

邱行並不多解釋，懶。

他們的相處也與剛開始有了點變化，變得更默契，更多眼神交流，林以然不再像之前那樣總是客客氣氣。

在這種日漸加深的默契中，他們不可避免地越來越親密，只是他們都不覺得。

邱行從車下走過，副駕駛座這邊車輪已經有半邊懸空，路旁邊是個斜坡，下面是水溝。

兩輛貨車停在路邊，貨廂裡各有幾個工人，正把一輛車上的貨直接倒到另一輛，這樣兩邊可以直接遞，省去了中間的路程。

林以然沒下車，邱行從副駕駛座邊走過，站在斜坡上，抬手把厚厚一遝現金遞上去給林以然。

林以然探身出去接過來，小聲問他：「要數嗎？」

邱行說：「數。」

林以然說「好」。

林以然數完傳訊息給邱行，把數字告訴他。她用的是邱行的手機，邱行只把工作常用的那個帶了下去，不常用的這個留在車上。

邱行回：『知道了。』

都是熟人常來常往，結貨款時邱行不能數，直接收起來，但也有現金數字對不上的時候。

他經常把現金往車上一扔，林以然再收起來，塞在車上放錢的位置。

林以然的錄取通知書已經從學校取了回來，和她的檔案、身分證、提款卡一起藏在車裡，不再連上廁所都要帶著。

邱行默許她的一切行為，在這輛車上，林以然無論做什麼都是被允許的。

他們已經停在這條廢棄的路上倒了快三小時的貨，才剛一半。

林以然這邊開門是水溝的斜坡，她順著慣性根本站不穩，會一腳摔進溝裡。另一邊主駕駛的車門已經被旁邊的車擋住打不開了，剛才邱行就是從副駕駛座跳下去的，連邱行也是迅速邁了兩步才踩穩。

林以然根本下不去，她只能坐在車上。

過一下邱行走過來，在下面問她：「去不去廁所？」

林以然趴在窗邊渴望地看著邱行，用力點點頭。

邱行不明顯地笑了下，說：「下來吧。」

林以然指指下面的水溝：「下不去。」

邱行讓她把車門開了，自己又往下面邁了點，林以然踩在第一階腳踏上，無措地到處看看，不知道往哪落腳。

邱行抬了抬手，示意她，說：「下來。」

林以然看懂了，略猶豫了一秒，就彎下身子，身體微微前傾。

邱行單手兜著她的腿，把她兜了下來往旁邊一放。

雙腳騰空的片刻之間林以然是閉著眼睛的，落地之後怕她在斜坡上踩不穩，邱行還在她背上虛托了下。

林以然背對著邱行，垂著眼睫，心跳微微快。

洗手間要去廠裡，離得有些遠，邱行帶她過去，路上有人和他打招呼：「女朋友啊，小邱？」

被問得多了，邱行不答，只笑笑。

林以然身上穿的是件白色的純色T恤，是在之前路過的一個村莊集市上三十塊買的。當時她和邱行去吃飯，走到集市時林以然覺得新鮮和熱鬧，邱行就跟她在裡面走了一圈，買了兩條毛巾和兩件T恤。邱行那件是黑的，他說他穿不起白色。

林以然還幫自己買了雙人字拖，她現在就是大T恤加上人字拖的裝扮，看起來放鬆又隨意，不再像最初時總穿得很嚴實。

可儘管這樣，她身上那種文靜的好學生的氣息依然抹不掉，別人眼裡看起來還是很乖。

她就像一個被邱行帶壞的乖女孩，不顧家裡反對被男朋友帶出來，過苦日子還當成浪漫。

可林以然哪有家呢，她也不是被男朋友帶出來的。

不但不是被人帶出來的，還是她主動賴在人家身邊，硬是在別人車上賴著不走。滿打滿算，她還能在邱行車上待一個月。

林以然當然想去上學，那是她一直期待的，充滿希望的嶄新的日子。

可那也代表著她要再次面對那些暫時被她遺忘的事情，沒有邱行。

邱行多數時間依然是那副冷淡樣子，情緒外露的時候並不多。

他就像個賺錢的機器，不當自己是人，像是不知道睏、不知道累，他勤奮而強大，冷漠而麻木。

只有和他離得最近的林以然看得到他偶爾出現的柔和，像是風化的硬殼裂了道縫。

「我什麼時候答應妳了？」邱行肩膀夾著手機，笑著講電話。

「哪有的事啊，我都忙飛了，還出去玩呢，做夢玩吧。」邱行自嘲地說。

「妳想我啊，那我過幾天去看妳。」

聽到邱行這個語氣打電話，林以然就知道對面是方姨，邱行的媽媽。

「我爸？我爸也忙唄。」邱行說：「妳想做什麼給我？」

邱行「嗯」了聲，又說：「燉個湯吧。」

邱行聊了幾分鐘的電話，掛斷之前保證了好幾次，過幾天一定去看她。

林以然問：「要去看方姨嗎？」

邱行說：「不一定，再說吧。」

林以然看向他，說：「你答應她了。」

邱行放下手機，淡淡地說：「她不記得。」

林以然沉默下來，覺得有些難過。

邱行說過，去看她會刺激到她，她不能接受現在的邱行，不能看到他已經長大了。

林以然輕聲問：「你想她嗎？」

邱行說：「想啊。」

他回答得平靜又理所當然，跟林以然說：「我也覺得我心狠，把她放那不管了。」

林以然立刻搖頭說「沒有」。

邱行說：「我沒有辦法。」

林以然沒有說話，邱行過了一下才又開口，說了句：「我也想她。」

晚上這個電話，讓邱行變得比平時更加沉默。

他心情不好，林以然能感覺得到。

他沉默地停了車，去洗漱，然後沉默地回來睡覺。

林以然睡不著，沒有上去。現在她經常會在晚上在前面坐著，這樣如果外面有聲音她可以聽得到，也能拿著手電筒往後掃一掃，這樣就不用邱行每次都下去看，邱行能睡得更安穩一些。

這天晚上邱行做了夢。

他平時睡覺很安靜，累得連做夢都奢侈。這是林以然第一次見他被困在噩夢裡。

邱行呼吸的速度變得很快，喉嚨裡發出含糊的咕噥聲，眉頭死死皺著，看起來很痛苦。

林以然回頭叫他：「邱行。」

叫了幾聲，沒能把他叫醒。林以然便跨過來，半跪在前面的平臺上，晃邱行的手：「邱行……」

邱行捏緊了林以然的手，他手心裡都是冷汗。

在睜眼的瞬間，邱行短促地叫了聲「爸」。

「做夢了。」林以然的手被邱行捏得很疼，但她沒有抽出來。

邱行像是還沒澈底清醒，只「嗯」了聲。

「沒事了，」林以然輕聲安慰她，晃晃邱行攥著她的手，「別害怕。」她聲音輕緩而溫柔。邱行又「嗯」了聲，又過了半分鐘，才鬆開了手。

邱行的眼睛有些發愣，顯然還沒從夢裡回過神。他呼吸還有些快，額頭上都是汗。

林以然抽了張衛生紙，幫邱行擦了額頭上的汗。

邱行看著她，眼神發空，林以然第一次從他眼神裡看到如此直接的茫然。帶著沒褪乾淨的從夢裡帶出來的隱隱的脆弱。

林以然的心沉沉地墜著。

「別難過。」林以然輕輕地說：「都過去了。」

邱行只是愣愣地看著她。

林以然摸摸他的額頭，拇指慢慢掃過他的眉心，說：「別難過。」

# 第六章　夏夜

在這個邱行掩不住難過的夜裡，他的眼神像個無措的孩子。後來他坐了起來，林以然也鑽到後面去，和邱行一起坐在這小小的空間裡。

林以然抱著膝蓋，靜靜地陪著他。

「妳睏不睏？」邱行問。

「我不睏。」林以然回答說。

邱行突然鑽了出去，坐到駕駛座上發動了車。

那個晚上是夏天中一個很平凡的夜，普通又不普通。

邱行把車駛出了高速公路，七拐八繞，最終停在一個沒建完的公路上。路鋪得很平整，兩旁沒有欄杆。路的旁邊是一片空曠的草場，貧瘠的鹽鹼地連草都長得稀。

邱行躺在草地上，平躺看著天。

天上有著不多的幾顆星星，雲層是透明的。

林以然坐在他旁邊，時不時揮手趕走蚊子。

他們都不說話，彼此是這天地間唯一的陪伴者。他們都是被生活戲弄的人，正在演著自己不知道走向的戲。

在這個夜裡，林以然直觀地感受到她和邱行的貼近。除了對方，世界上再也沒有人離自己更近的了。

他們被命運驅趕著奔逃，沒有盡頭地流浪。

邱行在下一次回去的時候，還是去看了他媽媽。

林以然也去了，那天方姨狀態很不錯，一直拉著林以然的手說話。

她比林以然記憶中瘦了，憔悴了很多，可依然溫柔，說話慢聲細語。

她聽到林以然的媽媽去世了，撫著林以然的臉，眼裡裝滿憐愛，心疼地安慰著鄰居家的小女孩。

這樣的時候她看起來很正常，林以然抱著她，心裡非常難過。

「妳想媽媽的時候，就過來看看方姨，方姨和妳聊聊天，就不難受了。」她幫林以然順順頭髮，是一個寬厚慈悲的長輩。

林以然紅著眼睛點頭，和她說：「我會常常來。」

「好，小船長大了呀。」她笑著說，笑起來時眼角邊有一道道淺紋，又說：「連小船都這麼大了。」

可能因為林以然的關係，方姨那天並沒有太過糾結邱行，注意力多半在林以然身上。

邱行出去和護理師說話，再回來時拿了兩個蘋果，說是護理師給的，他去洗了，給她兩人一人一個。

方姨想到什麼，笑起來：「對了，上次小齊說你長得帥呢。」

「什麼小齊？」邱行隨口一問。

「就是那個大眼睛的女生，上次我說等你來了介紹你給她認識。」方姨轉過頭和林以然說：「我差點忘了，我要找小齊過來。」

「妳快坐著吧。」邱行按著她肩膀不讓她站起來。

她大腦裡是亂的，真真假假，都不知道有沒有真的小齊。

邱行和林以然陪了她半個下午，後來她說自己要休息，邱行和林以然才走了。林以然戀戀不捨地和她道別，她讓林以然要照顧好自己，要堅強一點。

林以然點頭，聽到她說：「沒有什麼是過不去的，都能過得去。」

邱行接了句：「要是過不去呢？」

「過不去就會生病。」她接得也很順暢，又說：「像我一樣。」

邱行不客氣地說：「妳知道啊？」

林以然手肘碰碰邱行，邱行垂眼看她，林以然用眼神示意他別說了。

方姨溫和地笑著：「我怎麼不知道？我病了，我知道，不然我住這裡幹什麼呢？」她跟邱行說：「你照顧好小船。」

安寧醫院和林以然以為的不一樣，並沒有小時候大家傳得那麼恐怖。這裡患者很多，可不是一眼看過去就能看出異常，多數跟常人無異。

醫院裡很乾淨，植物很多，也很漂亮。

「你來啦？」有人和邱行打招呼，擺擺手和他說話。

林以然一瞬間就知道這位女生就是「小齊」，眼睛果然又大又漂亮。

「帶女朋友來看方姨了？」護理師看到林以然，曖昧地朝邱行眨眨眼。

邱行笑笑，「啊」了聲。

「方姨最近挺好的，吃得好睡得好。」護理師跟邱行說。

邱行說：「多謝你們照顧。」

看說話的狀態他們挺熟了，最後分別的時候護理師說：「行了你快走吧，方姨有什麼事我就打電話給你。」

等到只剩他們了，林以然才問：「這是方姨要介紹給你的小齊嗎？」

邱行說：「不知道，應該是。但是她姓張。」

林以然意外地眨了眨眼睛，邱行又說：「而且結婚了。」

林以然哭笑不得，剛才方姨的意思像是要幫邱行介紹女朋友。邱行說：「我媽想到什麼說什麼。」

方姨確實有時說話聽起來糊塗，可林以然還是覺得非常親切，給她很溫暖的感覺。

從這天開始，偶爾他媽媽打電話過來，邱行會讓林以然接。方姨通常都記得她，但是就不一定記得她為什麼和邱行在一起。有時會認為他們是在一起上學，還跟林以然說：『妳如果遇到不會的題就問邱行，讓他講給妳聽。』

林以然「嗯嗯」地答應著，順著方姨說：「我會問他的。」

『他如果不好好講，妳就告訴方姨。』

「他不會的。」林以然笑了下，側過頭看了邱行一眼。

『他脾氣倔，沒耐心。』方姨不客氣地說自己的兒子。

林以然笑著說：「他很好的。」

『他人是不怎麼樣。』方姨的語氣裡有一點嫌棄，更多的卻是掩不住的疼愛和驕傲，『可是成績很不錯的，好聰明。』

林以然輕輕地眨了下眼睛，邱行從小成績好，這她是知道的。至於邱行為什麼如今在開貨車沒有在上學，林以然不敢多問。其實也不用問，現實就擺在眼前。

邱行對於自己的現狀並沒有那麼尖銳和敏感，也不是不能提，不至於聊到了也避而不談。他只是懶得提，加上林以然有意地從不去聊這個。

她越來越不願意觸碰那些有可能會勾起邱行負面情緒的內容，那晚邱行從夢裡驚醒茫然而痛苦地看著她的眼神，林以然總是能想起。

她不想讓邱行再那麼難過地看著她。讓邱行笑起來很難，像平時一樣冷靜地生活也很好。

邱行每次封車都會把自己搞得很髒，苫布就是髒的，綁苫布的繩子上也都是灰。封車需要他繞著車把一條條繩子兩邊的掛鉤都鉤在車上，來來回回要繞很多次。

後來林以然主動下去幫他，邱行把繩子甩過來，林以然力氣不夠鉤不上，但是她幫邱行扯著，邱行就能先在另一頭都鉤好，再過來這邊，不用兩邊一次次繞。

這樣他們就髒一塊去了，林以然的手上也黑，誰也沒比誰乾淨。

「下次妳別伸手，髒。」上車之後邱行和她說。

林以然端著一雙小黑手不敢亂動，但又覺得有點想笑，說：「擦擦就乾淨了。」

她這段時間曬黑了點，沒一開始白了，邱行見她頭髮隨意綁著，穿著大T恤，跟他混得越來越粗糙，邱行說了她一句：「妳少幹活。」

林以然問：「為什麼？」

邱行說：「髒慣了洗不乾淨，過段時間妳要上學了。」

他說話時總是不帶情緒的，聽起來語氣平平，加上冷淡的臉，顯得毫無感情。

林以然沉默著找濕巾擦手，還幫邱行抽了兩張遞過去。邱行看了她一眼，見她垂著眼晴，接過濕巾也不說了。

林以然過了一下才又開口，說：「手髒也不影響上學。」

邱行說：「別人以為妳在家受氣幹活。」

林以然抬起臉看他，說：「我沒有家。」

「妳可以沒有，」邱行看著前面開車，和她說：「但妳不能讓人知道。」

林以然看著邱行，聽他又說：「別和別人說妳沒家。」

邱行這時的語氣有些嚴肅，林以然沒有問為什麼，她默契地明白了邱行的意思。

邱行說了不讓林以然伸手，下一次她就沒有下去，老實地在副駕駛座坐著。

然而這次的貨裝得高，把車廂高高地支起來，繩子比平時更難鉤。邱行來回繞了兩次，探頭往後視鏡上看了一眼。林以然正低頭坐著，安安靜靜的。

「林小船。」邱行叫他。

林以然從窗戶探出頭來：「嗯？」

「過來幫我扯著。」邱行說。

林以然沒掩飾自己的笑意，笑邱行出爾反爾，她開門跳下來，說：「來了。」

邱行把手裡的掛鉤給她，說：「別鬆手，妳鬆手就會砸到我。」

「好的。」林以然說。

車架得高繩子就不夠長，需要邱行用力拽才鉤得上。他在另外一邊把一端的掛鉤甩過來，林以然幫他拉著，他才能鉤上一邊再去另一邊。

掛鉤拎在手裡沉甸甸的，用挺粗的鋼筋彎的，不然扛不住力。林以然怕自己扯不住脫手砸著邱行，兩隻手緊緊地拽著。

還剩最後兩節，林以然手上都勒出印子了，只怕自己力氣不夠。

繩子從另一邊甩過來時，林以然抬頭見方向不太對，下意識往旁邊躲了下。金屬鉤子砸到肩膀的那刻林以然閉上了眼睛，敲在骨頭上的劇烈疼痛讓她幾乎瞬間控制不住地流了眼淚。

邱行剛才扔過去時兩根繩子鉤在一起，另外一根是順著慣性甩出去的。

他沒聽見金屬落地聲，於是喊了聲：「有事沒？」

林以然疼麻了，尖銳的疼讓她眼前一陣陣發暈，她閉著眼深吸口氣，才喊了聲「沒事」。

邱行說：「那妳扔給我。」

林以然用沒砸到的那邊撿起來，鼓了一下力，才用力扔了過去。她這點力氣勉強夠用，她用手背揉著被砸到的肩膀和鎖骨，一碰就連連吸氣。

邱行掛完他那邊，繞過來時一眼就看見林以然領子外面露出來的一片紅，衣服也明顯髒了一塊。

邱行立即問：「砸到妳了？」

林以然臉上已經看不出來，搖頭說：「沒有啊。」

邱行直接走過來，指了指她紅著的那處，沒碰著她，說：「掀開點我看看。」

林以然小聲說：「不用，沒怎麼樣。」

邱行擰了下眉，沒再跟她囉嗦，也沒管手髒，直接把她衣領往旁邊撥開一小塊。被砸到的那處已經高高地腫了起來，中間泛著一點點青紫，可以想見之後還會紫得更厲害。

邱行說：「差點砸到頭。」

林以然剛才要不是躲那一下就真砸頭上了。她搖頭說：「沒事，就砸的那下疼，現在沒什麼感覺了。」

邱行眉頭還是皺著，說：「車上有酒精，等等擦一下。」

「好。」林以然點點頭。

邱行主動叫人下來幫忙，還讓人別鬆手砸著他，轉頭把人家肩膀砸得紫了一大片。

林以然穿著細肩帶背心，坐在中間，側對著邱行。邱行坐在駕駛座上，手上拿著醫用棉花棒和酒精，幫她擦肩膀。

林以然把T恤脫了，不然扯著領子更不好看。

她皮膚很白，耳後線條以漂亮的弧線延續下來，脖頸很細又長，微微垂著時顯得偏瘦。

邱行心無雜念，眉頭一直擰著，表情很凶。

「對不起啊。」邱行說。

兩人離得挺近，邱行神經粗，林以然是女孩子，沒他那麼粗。

這時林以然有些拘謹，沒有抬眼，長長的睫毛向下遮著眼睛，只說：「真不用……」

「怪我。」邱行說。

林以然不願意聽他道歉，搖了搖頭。

「別動。」邱行皺了下眉說。

他說話時氣息碰到林以然耳邊的頭髮，碎碎的頭髮刮在脖子上，林以然微微地縮了下肩膀。

邱行手上動作停頓了下，這時才發現距離有些近，接著往後讓了讓，拉開距離。

「行了。」邱行說。

「好，」林以然眼睫輕顫，低聲說：「謝謝。」

邱行推門跳下了車，去扔垃圾。林以然用這個時間找了件乾淨衣服套上，穿好了邱行才上來。

當天晚上，林以然的肩膀高高地腫了起來，最中心泛紫，在她原本白皙的皮膚上顯得觸目驚心。

一夜過去，第二天早上看起來更嚴重了。這一夜林以然都不敢壓著傷的那側躺著，不過倒沒有影響睡眠，不碰到的話不疼。

她醒了一下來邱行就問她：「怎麼樣了？」

林以然撥開領子給他看了一眼，看起來比邱行以為的更嚴重。邱行皺著眉：「妳確定骨頭沒事，是吧？」

「嗯嗯，確定。」林以然放開衣服，說。

她剛睡醒頭髮還是散著的，她攏了攏頭髮，頭髮大多歸順地披在背上，卻也有少數稍顯毛躁，讓她看起來像帶著毛邊，給人一種溫暖而乾燥的柔軟感覺。

「只是看起來嚴重，其實不疼了。」林以然說。

這件事很快過去了，畢竟本來也沒太嚴重，一點皮外傷。

然而塗酒精那片刻微妙，卻一直延續了下來。

這個車廂裡原本沒有太重的性別界限，平時他們相處邱行也不是很計較林以然是個女生，一些肢體接觸不可避免，兩個人都不介意。

可自塗酒精之後，距離似乎逐漸拉開了。

這一點更多體現在邱行身上，他像是突然記起了林以然是個女孩子。比如之前他有時短袖髒了就當著林以然的面換了，現在會在換衣服之前先說一句：「我換件衣服。」

林以然第一次聽到時還愣了下，之後背過身去，說：「好的。」

再比如林以然下車沒處落腳時邱行也不再搭手了，畢竟像之前那樣托著腿把她兜下來，可以算是抱了。現在邱行最多伸手讓她借個力。

類似這樣刻意避著的時候不少，加上邱行多數時候的冷淡語氣和沒有表情的臉，讓他看起來更冷漠，有時避開的動作明顯，甚至會顯得有些嫌棄。

出於當時邱行的氣息撲在耳邊帶來的異樣感，剛開始林以然默契而平靜地接受了邱行拉開的距離。可幾天下來，當邱行表現得越來越明顯，林以然開始反思自己是不是哪裡做了令邱行不高興的事。

在這種莫名的氣氛裡，兩個人相比之前的熟悉和不自覺的親密，變得疏遠了一些。

今年雨很大，路上經常下雨。這也是為什麼邱行每次都要吃力的用苫布蓋好車，如果一直是晴天的話可以不用這麼麻煩。

下雨了會讓車變重，過磅可能會超重。

這天中午他們停下來吃飯，再發動時車怎麼也無法發動了。停的服務區又是個小服務區，沒有修車站。

邱行這輛破車經常在路上出現各式各樣的問題，加上平時在林哥那修修補補，邱行腦子聰明，什麼都過一遍就記得住，基本的問題邱行都懂。

邱行拿了工具箱下去，一邊和林哥打電話一邊動手敲敲打打地拆卸。

林以然在旁邊幫他遞工具，邱行指什麼她就遞過去什麼。

「嗯，不是後橋的事，後橋的事我能發動，我現在是沒辦法發動。」邱行跟電話裡說。

「也不是中橋，還是油路故障。」邱行彎腰看著，琢磨了一下說：「我知道上次幫我換了，但它應該還是油路的事，節氣門塞住了？換節氣門了嗎哥？」

邱行打了一下電話，說等等他自己研究著看看，儘量把它開走。他這點工具不夠用，如果要換配件他也沒有，實在不行就要叫修車救援。

電話那邊不知道說了什麼，邱行笑了下說：「那也沒辦法，有貨我要跑啊，不跑長途我在家附近轉，也賺不著錢啊。」

邱行掛了電話，手機遞給林以然，開始修車。

平時邱行看起來脾氣不好，總繃著臉皺眉，可真遇到麻煩難解決的時候，他又往往很平和，不會發火，看起來沒那麼著急，總是很從容。

服務區裡貨車不少，有別的司機過來搭話，常年在路上跑的都是半個修車專家。一看邱行這麼年輕，覺得他肯定什麼也不懂，幾個人開始上手幫忙。

後來外面下了雨，好在車差不多修好了，至少能開走了。

邱行跟林以然對視了一眼，想讓她去買菸，結果見林以然不知道什麼時候買了兩條回來，跟著邱行這段時間她瞭解了邱行的行事習慣。

她正蹲在不遠不近的地方看著邱行，怕自己在附近礙事。衣服和頭髮都澆得半濕，臉上也掛著水滴，蹲在那單薄又小小一團。

林以然朝他微睜眼睛，在問他什麼事。

邱行看她那麼蹲著看自己，對她很淡地笑了下，指指她手裡的菸。

林以然便拆開了，分給幫忙的司機，跟人家說謝謝。

邱行手上全是黑油，沒參與，等到林以然分完了，別人也走了，邱行跟她說自己去洗手。

林以然看了他衣服上蹭的油污一眼，說：「你順便換件衣服吧？濕著穿也不舒服。」

邱行不在意地轉身，說：「回來換。」

林以然接了句：「你在車上換不是不自在嗎？」

她說得很自然，邱行回頭看她，接著轉身又走了。

手上的機油洗不乾淨，邱行的手已經髒慣了，隨時會蹭得黢黑。邱行回來上車，林以然把毛巾遞給他，邱行看她淺色的乾淨毛巾，沒接。

「不用。」邱行說。

林以然也沒堅持，就收了起來，又抽了兩張衛生紙給他。

邱行接過隨便擦了擦，把車開走了。

車壞在路上是挺麻煩的事，好在將就著上路了，不然修車救援開過來，沒個幾千下不來。

這事讓邱行接下來開得很小心，要讓它堅持著開到目的地，邱行有熟悉的修理廠，否則外地修車處處是陷阱。

然而他心情還不錯，跟林以然聊天。

「前年冬天，我跑大慶。」

他突然開始了話題，林以然看向他，邱行繼續說：「半夜下雪了，我車壞半路上，一輛路過的車也沒有。」

林以然專注地聽著，問：「然後呢？」

「零下三十八度，車發動不了，車裡外面一樣冷，有一個手機凍得開不了機，我下去兩趟，手凍得快沒知覺了。」

林以然聽得很揪心，看著邱行。邱行很少這麼主動聊天，還是講他自己的事。不知道為什麼經歷了半路車壞了這樣的糟心事，他反倒有了分享欲。

「當時我心想，我能不能就這麼凍死了。」

林以然聽得蹙眉，問：「後來呢？」

「後來我想我不能真凍死，錢還沒還完。」邱行說：「我爸燒死了，我再凍死了，我媽也別活了。」

邱行的話像刀尖那麼鋒利，林以然驟然聽到，呼吸滯了一瞬，連眼睛都閉緊了。

邱行沒說過他爸是怎麼去世的，林以然也沒問過。

現在這麼猝不及防的得知，林以然心臟下墜，邱行以如此不經意的語氣提及，卻更讓她喘不過氣。

「萬不得已我只能打一一〇，跟警察說了位置。」邱行笑了下接著說：「最後麻煩警察叔叔半夜出警把我帶了回去，幸好還有個不怕凍的手機。」

林以然笑不出來，她眼睛已經紅了。

她一直沒出聲，邱行轉頭看她，見她鼻子眼睛都紅著，一副很難過的模樣。

邱行看了她幾秒，才轉了回去，開口說：「所以妳好好上學。」

林以然不明白他說的那些和讓她好好上學之間為什麼有了「所以」的關係，可她還是認真在聽邱行說話。

邱行又恢復了以往那種平靜的語氣，說：「妳要讓妳的人生順著原路走，不要掉下來。」

什麼是原路呢？林以然想。

好好地成長，去上學，在一個相對高的社會階層裡做一個優秀的人，找一個合適的人談戀愛，有幸福的家庭。

她沉默地想了一下邱行的話，邱行沒再繼續說。

過了許久，林以然轉頭輕聲問：「邱行，我上學了你還會管我嗎？」

「當然管妳。」邱行回答。

「妳就像還沒掉下來的我，」邱行看著前方說：「我不會讓妳掉下來。」

或許就是出於這個原因，邱行一路托著林以然，把她從一個個困境裡帶出來，讓她如今還能好好地坐在他的車上，再過不久，去學校開始她新的人生。

邱行已經從他的軌道裡掉了下來，再也回不去了。

林以然在最無助的時候遇見他。他會一直把林以然送回她的人生裡，在此之前，一直托著她。

邱行這些話，無形中把他和林以然的距離再次拉開。林以然從他的話裡聽出言外之意，邱行在拒絕她接近。他們都是懸在繩索上的人，邱行想讓林以然去過另一種人生，而不是像他這樣，吊在繩上生活。

邱行像是冷漠的，他把和林以然之間隱隱的親密推開了，可他又是柔軟的。

他的冷硬和他的柔軟，林以然全部接收到了。

在接下來的這段時間，他們彼此保持距離，林以然對他又重新禮貌和客氣起來。她會對邱行說「謝謝」，也不再表現出對邱行的依賴。

按照這樣發展，過了最後這段日子，等到林以然去上學，他們就不再擰在一起，並且會離得越來越遠。

這個夏天終會變成一段記憶，每當想起來，都會讓林以然覺得溫柔和感激。

可不是所有事都能受人控制，人的情緒和情感最難自控。

林以然這一整個夏天的痛苦、恐懼和動盪，對一個十九歲的女孩來說，這段日子深刻而不可抹除。而在這些一輩子忘不掉的日子裡，邱行一直穩穩地在這裡，和他的這輛車一樣，讓林以然能躲在裡面，偷一點安穩。

邱行是她所有正面情緒的落點。因為邱行，林以然甚至覺得以後想起這段日子，她最先想到的不會是她噩夢一樣的處境，而是自由和遼闊，是邱行帶給她的一切。

而邱行，他再理智冷靜，被生活操練得再麻木——他畢竟年輕。

林以然把掛著的邱行的衣服疊起來，放在一邊。這段時間一直下雨，衣服乾得沒那麼快。

邱行已經連續開了幾個小時的車，林以然把邱行一套還沒洗的衣服褲子捲成一個不大不小的卷，遞給他。

邱行看了一眼，接過來墊在腰後面。

這麼久坐開車，有時開得久了邱行難免腰疼背疼，林以然用邱行的手機買了個托著背的靠墊，寄到了林哥的廠裡，還沒有去拿。

林以然坐回副駕駛座，說：「你記得去取，下次要帶著。」

邱行「嗯」了聲。

林以然最後還能跟他回去一次，再去看看方姨，之後邱行把她放在一個離學校近的城市，這次林以然就真的下車了。

林以然的假期快要結束了，她的這段逃亡即將到了終點。

邱行清了下嗓子，開了口：「妳學費。」

林以然馬上說：「不不，不用。」

邱行被她的反應逗笑了，說：「妳不什麼啊？我說什麼了？」

林以然說：「不用給我錢，邱行。」

邱行臉上的笑意還沒收起來，和她說：「往妳戶頭裡存了錢，學費應該已經劃走了，剩下的妳留著吧。」

林以然眉頭一下子擰個小結，問：「什麼時候啊？」

「前幾天。」邱行說。

提款卡和其他東西一起藏在車裡，和邱行的現金放一起。

林以然又問：「存了多少？」

邱行說一萬。

林以然搖頭說：「不要你的錢。」

「上學之前，先不要用妳的身分證和提款卡。」邱行和她說：「買了票下車直接去學校，儘量不要出來，平時別一個人，和妳室友或者同學一起。」

平時邱行和她說話，林以然一定會點頭說「好的」，這次卻沒有出聲。

邱行轉過頭看她一眼，問她：「知道了？」

林以然才抿了抿唇說：「知道了。」

林以然向來聽邱行的話，可這次卻表現出倔強來。

過了兩天，邱行停在廠裡裝車的時間，林以然出去了一下。當天晚上，邱行發現車裡多了還現金。

邱行停下動作，挑起眉，回頭看了林以然一眼。

林以然側著頭看車窗外面，邱行只能看到她的側臉和下頷線。

「什麼意思？」邱行問。

林以然低聲說：「不要你的錢。」

邱行看著她，表情很嚴肅：「我有沒有說過，先不要用妳身分證和提款卡？」

他此刻有點凶，林以然不和他對視，卻也不頂嘴。

邱行明顯生氣了，側臉繃成一條冷硬的線條，車裡陷入沉悶的低氣壓。邱行把車開走，不再問她。

兩個人都沉默著，過了一下，林以然才小聲地和他解釋：「因為我們馬上就會離開那裡，我才領了錢。」

邱行不出聲，也不看她，不知道聽見沒。

林以然又說：「我媽媽留了一些給我，夠我上學用。我不能拿這些錢幫我爸還債，我不知道他欠了多少，我怕這次我還了，還有下一次。他知道我媽媽留了錢，不然也不會這樣走了。」

儘管邱行不回應，林以然還是小聲而持續地和他解釋著：「他甚至沒有問問我，就直接把我扔給了催債的人。越是這樣，我越是不能替他還。」

林以然的媽媽臨走之前，仔細地跟林以然交代了好多。是一個母親實在放心不下女兒，卻又沒有一點辦法。生命臨終前，多留一天都牽強。這筆錢是臨終的母親僅有的一點指望和安慰，至少自己還替女兒留了點東西，讓她能夠從容地再長大一點。

當時媽媽牽著她的手，讓她用這筆錢好好上學，如果想要出國的話可能不夠，到時讓爸爸再拿一點。

林以然那時說不出話，把臉埋在媽媽胸前，眼淚流得眼睛很痛。

「媽媽的錢我也不想用，我想以後賺了錢再添上一些，用它買個小小的房子，這是我能想到的讓這筆錢留下的最長久的方式，我住在裡面，是我媽媽在保護我。」林以然低著頭，語氣平靜而輕輕的，右手無意識地搓著左手的虎口。

邱行說了聲「嗯」。他看了林以然一眼，終於出聲可能是怕她哭了。

林以然卻沒哭，只是很失落，看起來很孤單。

「所以我是有錢的，不要你的錢。」林以然抬頭看著邱行，說：「我已經麻煩你很多很多，這兩個月我一直跟著你，其實也花了你的錢。」

邱行打斷她，說：「不用跟我說這些。」

「我如果再拿你的錢，就真成了……」林以然頓了下，繼續說了下去，「就真的是沒臉沒皮地賴著你。」

邱行聽到「沒臉沒皮」，當即皺了眉。

「那算什麼啊……」林以然認真地對邱行說：「你幫我的已經足夠多了，除了我媽媽，我最……」

最怎麼樣，她沒有接著說下去。她看了邱行幾秒鐘，視線帶著柔柔的溫度，之後轉了過去，看著車窗外面。

那一還錢就一直放在車裡，邱行沒碰它，也沒再跟林以然提這事。

邱行似乎還是有點生氣，林以然卻不確定。邱行平常沒什麼笑臉，讓人判斷不清他是不是不高興。

他們仍然不怎麼說話，在一種略沉悶的氣氛裡，兩個人之間有點尷尬和疏離。

如果他們相處的最終，是以這樣的狀態作結，那的確遺憾。

可這個把滿地狼藉的逃亡和追雲逐月的自由結合在一起的假期，這個時而高溫時而暴雨的夏天，註定不會這樣結束。

卡車的駕駛室算得上寬敞，可跟廣袤的田野和沒有盡頭的天際比起來，它又實在狹窄。

它轟隆隆地駛過田地，駛過原野，駛過山間隧道，駛過海邊。它在白天載著滿車貨物駛向遠方，又在夜晚包裹著兩個人的夢。

它破舊卻安全，粗獷又浪漫。

一條條高速公路像大地的血管，像世界的脈絡。卡車馳騁在路上，承接著大地的脈搏，它鼓動著人的神經，衝破鎖鏈和桎梏。

天地允許衝動，包容一切原始的本心、愛欲和嚮往。

# 第七章　仲夏之海

這天邱行要來卸貨的地方他是第一次來，之前沒來過。邱行不怕去陌生地方，三年前他剛上車時去任何地方都是陌生的，最開始車上還有個司機，只讓那司機帶了他兩個月，之後就一直是自己到處闖，反正活人總不至於走丟了。

導航在城市裡很準，在鄉下有時誤差很大，還沒有明顯標誌物，打電話也交代不清楚。

這邊天氣很差，天陰得像在憋一場大雨，訊號也斷斷續續。

邱行在附近轉了幾圈，一直沒找到對方說的那個路口。邱行把車停在路邊，和對方打電話，對方語氣很衝，也可能是方言的關係，聽起來非常不客氣。

邱行不跟對方嗆，不管對方什麼態度，他都是毫無波瀾的語氣，說不上好也說不上壞的態度。

掛了電話之後，邱行接著找路，林以然擔憂地看著黑壓壓的天，按照天氣預報，現在應該已經在下雨了。

車廂裡的氣壓沒比外面高多少，兩個人這兩天都沒怎麼說話。車裡一直瀰漫著分別之前的冷清，和一些刻意的疏離。

林以然弄好了通訊軟體，第一件事就是搜尋邱行的手機號碼，添加了他。

她的通訊軟體就像這支手機的通訊錄一樣，邱行是裡面第一個聯絡人，目前也是唯一一個。

邱行的大頭照竟然是卡通人物足球小將，這跟邱行實在違和。

可再一想，就該是這樣的。邱行剛開始用通訊軟體應該在高中，他又是一個從小愛踢足球的男孩，陽光開朗。

等到這個大頭照和他已經不匹配的時候，邱行也顧不上什麼大頭照了。

他的ＩＤ就是「邱行」，林以然還是特地設置了備註。

在輸入框裡停頓半天，最後只認認真真地敲下了「邱行」。

「下雨了。」林以然看著落在側窗上的雨點，和邱行說。

邱行「嗯」了聲。

邱行之前就是要趕在下雨之前把貨卸完離開，這邊土路下了幾天雨本來已經特別泥濘，如果雨再下來，很可能走不了了。

現在的路面坑坑窪窪，轎車已經不能走了，大貨車勉強通行。

有特別大的坑裡面墊了些大大小小的碎石頭，也已經被車壓了出來。一路上開得著實艱難，林以然幾次頭都撞在玻璃上。

最後找到木材廠的位置，離導航位置偏了二十多公里。

車上裝的是一車板皮，拉到這邊再加工壓板，之後做地板用。

工廠老闆不想冒雨卸貨，工人冒雨卸貨要加錢，老闆想等雨停了再卸車。但天氣預報說這場雨要下到半夜，邱行不想等。

老闆用方言語速很快地說了幾句，邱行還是那副不冷不熱油鹽不進的模樣，最後老闆也不管邱行，去棚底下避雨了。

老闆和工人都不在，沒人卸車。要等雨停再開始，這邊地勢低，一旦淹了水，邱行和林以然今天就走不出去了。

雨勢越來越大，邱行在車上坐了幾分鐘，突然推開車門跳了下去。

林以然心裡一驚，見邱行順著車一側，抬手一個個把鉤子解開，繞著車側走一圈，把繩子都抽了下來。

邱行跳上車後廂，踩著圍欄上到車頂，開始捲苫布。

裡裡外外扣了兩層苫布，就是因為板材怕雨，木板都是經過曬乾的，是乾材。被雨一泡就容易發霉，用不了了。

從北方拉過來的這一車一級板材二十幾萬，這麼在暴雨底下澆著，老闆眼皮都跳了。他披著雨衣過來車下喊邱行，讓他把後廂甩到棚子底下，說：「你倒進來，現在就卸，現在就卸！」

老闆在用方言罵人，邱行也不管他，捲完苫布收完繩子，邱行從車上跳下來，把後車廂倒了進去。

老闆喊來工人，罵罵咧咧地一直說著什麼，邱行坐在車裡，當聽不見。打成捆的板材卸起來很快，傳輸帶一架上，兩個小時就能卸完。

林以然雖然無法完全聽清，可也知道老闆在罵邱行，而且罵得挺髒。邱行無所謂，林以然看起來卻很不高興，繃著臉。

邱行已經換了乾衣服，靠在椅背上倚著休息，他坐得比林以然靠後，枕著椅背從後面看她，林以然感覺不到。

邱行看著林以然瞪著老闆的方向，眉心蹙著，憤怒之下眼睛比平時亮一點。

邱行靜靜地看了她一陣子，接著轉過頭去，閉眼像是睡了。

邱行不用跟這邊老闆結帳，最後一捆貨從車上卸下去，邱行一分鐘都沒等，直接把車開走了，甚至後車廂的圍欄和廂門都沒關。

雨下得非常大，越晚走越可能出不去。

明明還是下午，天色卻像到了晚上。有的路上已經開始積水，邱行的車只能繞著曲線走，避開土路上的坑洞。

空車比剛才滿車時好開很多，沒那麼重。

一個巨大的坑陷進去，車身一晃，林以然低呼：「小心。」

邱行反覆倒車了兩次才從這個坑裡出來，車輪在泥坑裡打滑，邱行說了句：「再這麼下我們真的走不了了。」

林以然說：「要下好久。」

邱行說：「停了也走不了。」

林以然看著他，邱行還有閒心開了半個玩笑，說：「要等泥曬乾。」

然而邱行剛說完這話沒幾分鐘，一個躲不開的圓坑，車輪沉沉地陷了下去。

邱行倒了幾次，車衝不出來，車輪一直打空轉，只能甩出泥來。

邱行下去看了看，林以然也跟著下去了。

泥已經埋了半個車輪，這樣前面沒有車牽引的話，無論如何是出不來了。

兩個人都澆得半濕，林以然問：「我們有什麼能墊一下嗎？」

邱行彎腰看著那個坑，說：「沒用。」

「被子呢？你倒回去一點，被子墊在車輪前面，能防滑嗎？」林以然問。

邱行說不能。

林以然全不在意落在身上的雨，和邱行一起彎腰站著，邱行說：「上車吧，我再試試。」

林以然沒上車，往後退了些，看邱行倒車再朝前開。每次就只差一點點，有個硬東西在前面稍微墊一下就能出得去。

「邱行，」林以然抬頭喊他，朝剛才過來的方向指了指，「你接著開試試，我去找點石頭，剛才我看見有。」

「別去，」邱行不讓她動，「上來。」

林以然轉身大步走了，邱行沉著聲喊她名字，等邱行黑著臉熄了火，林以然已經跑遠了。

雨越來越急，他們現在的這條路有點傾斜的坡度，越往前越高。水流明顯在向後流，這個村子之前淹過水，後來路面墊高了些。

林以然不知道跑到哪去了，邱行走去路口，兩邊都看不見她。

黑黃的水流捲著泥沙裹挾而過，如果按照這個下雨的速度，那麼他們就不再是誤車這麼簡單。

這是個淹過水的地方，雖然卡車足夠高，可照著這個雨勢下到半夜，四周的水都流過來，那就不好說了。

邱行必須把車開走，儘快。

他爬到車上去，把苫布迅速打成捆，扔到地上。

林以然依然不見人影。

手機都放在車上，她什麼都沒帶。邱行倒了車，又跳下來把苫布墊在車輪前。

他現在應該先把車開走，無論如何不能繼續困在這裡。雨雖然急，卻不至於在這幾分鐘之間發生什麼，林以然又聰明，這麼短的路她不會發生什麼危險。

邱行把苫布砸過去之後，應該再去車上找點什麼一起墊著。可他彎著腰停了幾秒，卻沒再繼續，而是站直了，轉身要走——

邱行轉身時，林以然抱著兩塊對她來說巨大的石頭，吃力地走了過來。她身上衣服全髒了，也都濕透了，兩條細瘦的手臂不知道怎麼托起這兩塊石頭的，勉強用手腕和手臂擋著不讓它們掉下去。

邱行朝她走過去，一言不發，從她手上接過來，轉身回去扔到車輪前，砸得咚咚兩聲。

「上去。」邱行背著身跟林以然說。

他聲音從沒這麼沉過，冷冷地朝林以然拋過來。林以然微歪了歪頭，想看看邱行的臉。

邱行不回頭，林以然看不清他，於是默不作聲地上了車。

邱行把車開了出來，又下去收拾苫布扔到後面，再上車時跟林以然說：「去後面坐著。」

林以然十分聽話地立即挪了進去，沒管渾身的水。

「衣服換了。」邱行又說。

林以然渾身濕透了，看看角度徹底偏了的後視鏡，又看看邱行。

林以然在中間掛了兩件衣服，把小小的下鋪擋了起來。窸窸窣窣的換衣服聲音如此曖昧，可此刻的車廂裡卻全無半點旖旎氣氛。

邱行沉著臉只顧開車，林以然迅速把衣服換好，輕聲說：「好了。」

暴雨依然洶湧而持續地砸在車頂，雨刷以最快的速度來回擺動，讓人的心浮躁而不安寧。

顛簸的路開了二十分鐘，邱行終於把車駛離了村道，開上了柏油路。

窄窄的鄉道勉強容得下兩排車道，道路兩旁被樹木遮擋得密密實實，樹幹和枝葉遮天蔽日，一條算不上筆直的小路柔和地指向前方，這種天氣下空無一人。

邱行把車停了下來，熄了火。

車裡光線黯淡，外面的世界似乎已經被雨水淹沒了。可在此刻，林以然卻再一次感到無比的踏實。

就像狂風天裡一個小小的地下室，像大雪天裡燒著煤爐的木屋。外面世界越動盪危險，越顯得身處某個小空間的她舒適而安全。

美中不足的是低氣壓的邱行。

林以然瞄他一眼，邱行衣服褲子都被水浸透了，手臂和手都髒。林以然把邱行的毛巾拿出來，用毛巾碰碰邱行手臂。

邱行沒接毛巾。

當他突然俯身過來時，林以然並沒有向後躲。她可能是沒反應過來，也可能是有一點錯愕。

她只是微微睜著眼睛，茫然地看著邱行。

邱行沒有離她很近，一隻手拄在她腿邊，林以然被他困在這個狹小的四方空間裡，她能感覺到邱行身上的潮濕，也隱約能夠感知到他的體溫。

邱行表情凶極了，是他這張懶得表現喜怒的臉上難得見到的直觀情緒，他眼睛很黑，瞪著林以然：「妳腦子進水了？」

林以然不知道是因為冷，還是被邱行凶的，兩隻手臂微微有些發抖。

「妳不知道水都往那邊流？」邱行擰著眉，「我不讓妳去妳跑什麼？」

林以然溫聲回答：「流不了那麼快。」

她見邱行表情一變，又老實地追了一句：「我沒想那麼多，我怕再等一下走不了了。」

「走不了妳急什麼？」邱行接著問她。

林以然看著他，表情依舊溫和，回應說：「我不急，我以為你著急。」

邱行凶巴巴地把她堵在這，林以然不害怕也不躲，還直視著邱行的眼睛。

她頭髮還是濕的，臉上沾染著潮濕的水汽，身上衣服卻柔軟而乾燥。領口處還能看到之前被邱行誤傷的痕跡，泛著青。

邱行看到她兩隻手臂都破了皮，是剛才搬石頭擦的。手臂發抖不是因為冷，也不是害怕邱行凶，只是用力過後還沒緩過來。

林以然依賴邱行，感激邱行，所以她看著邱行的視線總是柔和的，在如此近的距離裡，把邱行容納在她溫柔的眼睛裡。

「我急怎麼了？」邱行盯著她，又問。

林以然搖搖頭說：「不要你著急。」

她的視線從邱行的眉眼掃到他的嘴唇，又微抬眼睫，重新和他對視。有一滴水珠從邱行髮間落下來，林以然便抬起手，動作自然用拇指輕輕抹去。

在被邱行突然兜著脖頸攬過來抱了一下時，林以然挺秀的鼻梁撞在邱行堅硬的鎖骨上。

這是他們第一次擁抱，邱行相當粗魯，林以然疼得偷吸氣。

林以然在邱行懷裡，她能清楚地感知到邱行的氣息和他的溫度，她被一個男人這樣抱著，心跳得很快，呼吸輕輕的。可靈魂卻不動盪，安穩地被托在它的歸處。

在這個短得只有幾秒的擁抱之後，哪怕車裡仍是不說話，可還是跟之前的氣氛不一樣了。

林以然坐在副駕駛座上，光腳踩著座椅邊，抱著膝蓋看外面。穿過那片雨最重的雲層下面，雨勢就沒那麼大了。

雨水讓外面的一切像遮了層磨砂的簾，變得朦朦朧朧。

林以然一直沒轉過來，枕著自己的膝蓋，只把後腦勺對著邱行。邱行看她兩眼，林以然動也不動。

邱行把車開到了另一個城市，和貨主通完電話，約好了明早過去裝車。這次再裝滿就直接開回家了，路上需要兩天時間。

掛了電話，邱行問她：「妳餓不餓？」

林以然聽見他問，沒轉過來，仍是保持著背對邱行的姿勢，回答說：「餓。」

邱行的聲音裡帶上笑意，說：「行。」

林以然跟受氣一樣地蜷在那，這也不是辦法。

又過了一下，邱行問她：「妳是生氣了還是煩我？」

林以然馬上說：「都不是。」

「不想看見我？」邱行又問。

「沒有……」林以然聲音不大，坐起來看了邱行一眼，又趴了回去，誠實地說：「我現在有點不好意思看你。」

這時林以然沒回頭，不然她會發現邱行此刻帶一點點笑，和平時的他不一樣，是真正平和的，眼神是軟的。

邱行臉上帶著笑，沒再和她說話。

林以然又追加一句：「我待一下就好了。」

「那妳儘快，」邱行說：「快吃飯了。」

林以然對這事的反射弧略長，當時不覺得怎麼，還非常淡定，之後才覺得難為情，畢竟是個文靜內向的女孩子。

邱行把車停在貨車停車場，讓林以然帶好東西，說晚上不回車上了。林以然收拾好了跟著他走，把車上的重要物品裝在包裡帶著。

能看出她其實還是有點彆扭，眼神不怎麼跟邱行對視，但儘量讓自己表現得正常。

邱行看著她手臂內側擦破皮的地方，說：「晚上消個毒。」

林以然點點頭：「好的。」

她又是那副又乖又聽話的模樣走在邱行旁邊，無論邱行要帶她去任何地方，她問都不問。

吃過飯，邱行帶她去了間離停車場不遠的賓館。兩人都要洗澡，白天在雨水裡泡得很髒，尤其邱行，手臂和手上的髒汙到現在都還沒洗。

林以然不是第一次和邱行住賓館了，之前也有過空車的晚上，只不過次數不多。

他們就像一對普通又般配的小情侶，走到賓館前檯，前檯小姐姐禮貌地問：「一間大床房嗎？」

「兩間。」邱行說。

林以然聽到他說，立即抬眼看他，邱行和她對視，林以然輕輕朝他搖頭，小聲說：「一間。」

邱行笑了下，跟前檯更正：「一間吧。」

在這兩個月裡，林以然一直是跟邱行住在一起，在車上時不用說，到了外面是因為林以然害怕。尤其上次夜裡在窗邊看到人，在那之後她更不敢一個人住。

邱行見她今天不好意思才說開兩間，林以然並不願意。

就……也沒有那麼不好意思。

開了房卡，邱行讓林以然拿著，說：「妳先上去，我打個電話。」

林以然點點頭，前檯客氣地問：「需要再給您一張房卡嗎？」

「不用。」邱行跟林以然說：「等等妳幫我開門。」

「好。」林以然說完就背著她的包先上樓了。

房間裡乾淨整潔，林以然把背包放在椅子上，拿了衣服先去洗澡。

她知道在她洗完之前邱行不會回來，即使回來了她不開門他也進不來。

邱行在林以然初到他車上時還特地和她交代過，讓她有不方便的地方自己克服，顧不上她。可實際上這兩個月裡林以然並沒有真的感到有特別不方便的時候。

比如現在，賓館裡的浴室是半透明的磨砂玻璃，就算看不清楚，可裡面有人洗澡在房間裡也能看到人影和輪廓。

哪怕林以然和邱行之間再沒有男女界限也不適合，所以如果邱行在房間裡，林以然要麼不洗，要麼洗得難受。

剛開始林以然沒察覺，時間久了發現每當到了類似的為難時刻，邱行都巧合地不在。敲門聲響時林以然早就洗好了，連頭髮都已經吹得半乾。她頭髮又長又密，每次都無法吹到完全乾透，只能這樣披著。

舒舒服服地洗了澡，穿著乾淨的衣服，頭髮散亂著，白白淨淨的小臉上表情舒展著，這讓她整個人看起來有種舒適的居家感。

邱行手上拿了袋東西，塞她手裡，說：「妳自己擦擦。」

林以然低頭看了一眼，是一袋優碘、棉花棒。

手臂內側的破皮處輕微泛紅，主要是因為她白，否則不會很明顯。

邱行說：「以後別那麼傻。」

林以然蔫蔫地說：「知道了。」

小雨下了一夜，門口的廊燈開著，房間裡其他的燈都關了。

這是個邱行難得能睡好的晚上，他洗完澡就睡了，林以然平躺在床上，聽著邱行安穩的呼吸聲。

她下意識跟隨邱行呼吸的節奏，時而揚起，時而落下。

林以然回想著白天邱行有點凶的表情，他就在離得不遠的位置看著自己。以及邱行抱著她時她磕疼的鼻梁，和她聞到的邱行身上帶著一點點機油的味道。

在這個安靜的房間裡，她隨著頻率，把他們的呼吸悄悄纏在一起。

「小邱，你找人吧。」

邱行這次回家，恰好另一輛車的小全和輝哥也回來了，車都停在林哥的修配廠。輝哥和邱行站在陰涼處，遞了根菸給邱行，和他說自己不想幹了。

「你抽，哥。」邱行擺手沒接，問他，「怎麼了？」

「沒怎麼，不是你的事，小邱。」輝哥也很不好意思，點了菸抽了一口，和邱行說：「你嫂子和我說了好幾次，我自己也是一樣的想法。孩子上高中了，想多陪陪他，不想跑長途了。」

邱行聽完並沒多勸，點頭說：「行，哥你再幫我頂一段，我找人。」

「哎，行，行。」

輝哥是個老實人，只是嘴笨，腦子也不是很靈活。那輛車上他開得多，小全開得少，邱行心裡有數，去年過年額外給了他兩萬塊錢。

輝哥知道邱行沒虧待他，別的車上長途司機每月賺六千，多的六千五，邱行給他們八千，更別提私下多給他的。

他也知道邱行難，邱行他們家的事當地的貨車司機都知道。邱行自己開的那輛車賺錢，跑的都是值錢的活。雇兩個司機跑的這輛去掉費用並沒有賺到太多，邱行之所以還一直操心養著這輛是為了留下貨主，邱行自己跑不過來，好的資源不能丟下，只能多養一輛車維護他的貨線。

這些值錢的線路都是邱行他爸以前的，是邱行在他爸出事之後一個個聯絡攬回來的。

「小邱，哥跟你囉嗦幾句，你別嫌我多嘴。」輝哥離邱行近了點，手裡夾著菸，沒有繼續抽，「你這兩輛車都是報廢車，你那輛還行，你自己開，不糟踐車，像我們這輛，三天兩頭這麼修，你多操心啊。」

邱行點頭，表示在聽。

「小全什麼樣我不多說了，不是自己的東西怎麼也不用心，以後你如果找不著好司機，你更要操心。你不如就把車賣一輛，把小全放你車上，你也能輪著。沒有一個人跑長途的，累了沒辦法休息。」

輝哥怕自己說多了招人煩，憨厚地笑笑，說：「反正我就是這麼一說，你聽聽就算了，你還是自己考慮。」

邱行也笑了下，說：「行，輝哥，我知道。」

邱行跟輝哥說完話，走去林哥那屋。

「離合片要換了，油路再幫你清清，引擎、中橋、後橋，該收拾的這次大收拾吧，別下次真的壞半路上。」林哥和他說。

「弄吧。」邱行說。

「老孫那車要賣，他車才七年，沒大修過。我上次問他他說賣十五萬，還能講，要不然你問問他，換他那個開好了。」林哥說。

邱行說：「我沒錢。」

「我給你，你賺了再還我，你這車還能賣個四萬左右，添不了多少。」林哥遞了瓶水給邱行，「要不然你這麼修，你不煩我都煩。」

「先修著吧，我不想欠錢，一想到欠錢就頭痛。」邱行自嘲地笑笑，「我現在多欠一分都難受，別說多欠幾萬了。」

「欠我的不算欠，要不然你給我點利息，按銀行貸款給我。」林哥和他開玩笑說：「你多欠我點，我多吃點利息。」

「銀行的我也不欠，欠來欠去的，我這輩子還不完了。」邱行拒絕道。

晚上林哥留邱行吃飯，林嫂做了好多菜，林以然幫忙。

這是林以然最後一次回來，這次走了要去上學，再回來不知道什麼時候了。林嫂和她熟悉了些，知道了她家裡的事，問她：「妳爸一直沒聯絡妳嗎？」

林以然輕輕搖頭：「沒有。」

林嫂小聲嘟囔：「沒見過這樣的爸。」

林昶新交了個女朋友，帶到廠裡。女朋友粉色的頭髮，挑染了幾綹灰色的，穿著細肩帶背心和短褲，手臂上刺著花臂，還穿了顆唇釘。

林昶看見邱行回來了，扭頭到處看看，見林以然和他媽在一起，多看了幾眼。

女朋友嚼著口香糖，吹了個小泡泡，說：「那有個美女。」

「沒妳美，」林昶說：「太素了。」

女朋友並不愛聽他的假誇，說：「你瞎。」

吃飯時林以然左邊坐著邱行，右邊坐著林昶的女朋友。

粉頭髮女生問她：「妳多大了？」

林以然說：「我十九。」

對方說：「我也十九。」

林以然不知道能和對方聊什麼，她沒有話題，而且她本來就是個慢熱的人。從前她總是靜悄悄的，她媽媽對此還很自責，覺得是因為單親家庭的關係。

林以然和她說自己並沒有覺得不幸福，不外向也不是因為自卑。

對方突然碰碰她的手臂，林以然當時正聽著邱行說話，被人一碰，手邊的湯匙掉了。

「不好意思，我想跟妳說話。」粉頭髮女生說。

「沒關係。」林以然彎下身子去撿。

邱行聽見動靜掃了一眼，林以然正抽了張衛生紙擦，邱行一邊跟林哥說話，隨手把他沒用過的勺子放到林以然碗裡。

「妳哥好蘇。」旁邊女生說。

她話裡意思把邱行當作林以然男朋友了，他們這夏天都被當作情侶，林以然也不解釋。

她說這話時林昶夾了塊排骨給她，林以然莫名覺得有點好笑，於是笑了下說：「妳……」

林昶這個人實在讓人說不出「妳哥」，林以然卡了個一下，說：「妳這個也挺……挺好的。」

「他啊？」女生瞥了林昶一眼，「哧」了聲。

她臉上的鄙視意味太明顯了，林以然問他：「你們不是在一起了嗎？」

女生湊過來，在林以然耳邊說：「我打賭輸了，應付幾天。」

林以然驚訝地看著她，女生笑笑地說：「美女別這麼看我，誰不心動。」

林以然雖然沒說什麼，可她的表情足夠明顯，女生問她：「成績挺好吧？一看就是好學生。」

不等林以然回話，她又說：「什麼年代了，談戀愛還算個事？」她這句話聲音有點大，桌上人都看了她一眼，連邱行都抬眼看過來。

林以然手肘輕輕碰碰她，示意她小點聲。

這邊她們說話，那邊林哥和邱行喝了點啤酒，喝得不多。

邱行還是沒同意，搖頭說：「先將就著吧。」

「你油鹽不進啊？」林哥說他。

他是真為邱行好，邱行雖然叫他哥，可他看邱行就是看姪子的心態，看邱行這麼難不忍心。

邱行知道林哥真心實意想給他錢，也說了句心裡話，說：「哥，我還債還得噁心，我想想我快還完了才覺得有盼頭。」

「你該！」林哥無聲地罵了他一句，又說：「誰讓你還的？我當時說沒說過不讓你還？家裡錢都給出去就算了，你爸人都沒了，你爸沒了帳就清了。」

邱行沒反駁，只笑了笑。

「你把廠賣了，把你爸那些車都賣了，把錢分分能還多少是多少，這就夠意思了，你還接著還？」林哥說得脾氣上來了，罵邱行，「你就是缺心眼！」

邱行老實坐著挨罵，不回嘴。

「你爸要是活著你願意幫他背著債都行，你爸都沒了，沒有落你頭上的道理！」林哥喝了酒，說得有點激動。

邱行這時才開口平和地回了一句：「我爸要是活著我就不管了。」

林哥說：「人沒了顯你盡孝了？」

邱行靠在椅背上，說：「他活著他要判刑，那是他該還的，他自己背著。」

林以然轉頭看著邱行，邱行神色還是淡淡的，說：「但他沒了，我就要替他還。他欠的那幾條人命我要幫他賠，命我賠不起，錢一分不能差，我不能讓他當個欠債鬼。」

這天晚上，林以然第一次知道邱叔叔是怎麼去世的。

電線廠倉庫違建，消防檢查不合格，邱叔叔沒當回事。電路起火時，倉庫裡一共十幾個人，死了四個，重傷八個，輕傷五個。

邱叔叔自己就在死的這四個之中。

這場大火那年上了新聞，全省消防檢查整頓了一遍。林以然那時剛上高一，不看電視也沒有手機，也聽說了這次失火案，只是她不知道那是邱叔叔的工廠。

中央派了調查組來調查失火案，最後的賠償也是調查組定的。有家屬不滿意賠償金額，提出要賠償更多，邱行全都接受了。

多少錢都不夠賠人命的，邱行認賠。

家裡的錢、房子、車、工廠、公司，全賠出去了。邱行只留了兩輛破車，和那個老房子。

方姨接受不了現實，承受不住打擊，沒等事情解決完就病了。

從此都是邱行自己背著散了家當還沒還完的債，考了大車駕照，一個人沒有白天黑夜的在路上跑。

「我爸不是故意的。」邱行把杯子裡剩的喝了，林哥又幫他倒上，邱行說：「他不是賴帳的人，他就算活著真判了，該賠的都會賠。」

林哥倒不否認，說：「你爸是講究人。」

「所以我怎麼也要幫他還上，要不然他不是白誇我了嗎？」邱行笑了，「他誇了十多年，說他兒子有出息。」

「你是有出息。」林哥看了對面自己那不爭氣的兒子一眼，發自內心誇邱行，「三年還了七十多萬，你才幾歲。」

「都是我爸留的底子，他的老本行。」邱行說。

林以然聽得心裡很難受，並不想哭，只是覺得很悲涼。

命運很會捉弄人，它讓一個人順順利利地長大，然後毫無預兆地在一夕之間把他的所有都拿走，把他的人生澈底翻一面。

邱叔叔死了，方姨病了，邱行唯一留下的只有還沒賠完的將近九十萬賠償款。

「妳哥……」粉頭髮女生在桌子底下豎了豎拇指，跟林以然說：「妳哥挺厲害的。」

林以然不想說話，對方又說：「我們加個好友，等有天你們分了，把他介紹給我，我跟他交往。」

林以然抿著嘴唇，到最後也沒和她加好友。

邱行沒喝多少，他不愛喝酒。

林哥後來又喝了白酒，他有些喝多了。林以然幫忙收拾了桌子，才跟著邱行回家。

他們沒搭車，慢慢地走在路上。城郊車不多，老城區的街道，電線亂糟糟地露在外面，它就像林以然小時候的樣子。

兩人並肩走著，路燈把他們的影子拉得很長，走到下一個路燈底下縮短，然後再漸漸拉長。

「邱行。」林以然叫他。

邱行看向她：「嗯？」

林以然試探地問他：「你還欠多少？」

「幹什麼？」邱行問，「要幫我還？」

林以然小心地看他，問：「可以嗎？」

可能是因為喝了酒，今天的邱行還挺愛說話的。他抬起手按在林以然後腦勺上，亂七八糟地搓了搓，說：「不可以，妳的錢妳留好，自己留著買房子。」

「先還給別人，等你有錢了再給我，不是一樣嗎？」林以然只是不想看他再這麼辛苦了。跟著他兩個月，她知道邱行在路上是什麼樣的。

「別人聊幾句妳就要替人還債，妳這麼好騙啊？」邱行手還放在她頭上，帶著些力道地按著，「讓野男人騙了。」

林以然皺著眉說：「你不是別人……」

「那我是誰，」邱行隨口說：「我是妳十年沒見過的鄰居。」

「你是邱行。」林以然立即說。

「誰也不行。」邱行說：「妳的錢不要給任何人用。我也不想再欠任何人的錢。」

在這件事上邱行是不可商量的，他特地強調林以然和別人沒有不一樣，都是他不願意接受一分錢的人。

邱行身上有他很矛盾的地方，他對林以然好，他跟林哥很親，可他的世界又把所有人隔絕在外。他並沒有真正容納任何人，也不接受別人真正接近他。

就像上次邱行讓林以然在人生原本的路上不要掉下來，每當林以然覺得和他關係足夠親近，邱行就會在下一刻拉開，讓林以然看到邱行世界外面罩著的那層玻璃。

他似乎在任何地方、任何人面前都能隨時抽身而去，毫不留戀。

林以然沉默著走在邱行旁邊，兩公里多的路，兩個人沒有走太久。

再轉一個路口就到家了，邱行突然說：「到了學校別說妳家裡的事，包括妳室友。」

林以然聲音小小的：「知道了。」

「談戀愛可以，別被人騙了。」邱行又說。

林以然腳步頓了下，抬起眼去看他。

邱行當沒看到她的眼神，繼續說：「別誰說什麼妳都信。」

林以然重又提起腳步跟上他，不回聲，扭臉看向一旁。

分別在即，邱行開始囑咐林以然，這次他說得明顯比之前分別那次多。

他說話林以然就「嗯」一聲，回應不多。

路邊的燒烤店有人在喝酒，林以然低著頭聽邱行說話，無暇去看路邊喝酒的人。

等走到近前，有人突然伸手拉了下林以然的手臂，動作來得太過突然，林以然被一把扯了下去，她低呼著被扯得摔在坐著的人身上。

「妳撞我身上了。」那人摟著林以然，低頭看著她說。

這人渾身酒氣，林以然立即起身，心跳還沒恢復正常，緊接著便猛地一沉——

她認出抓著她的這個人就是之前在家門口堵著她的人之一。

邱行朝她伸手，林以然手臂還沒被剛才那男人鬆開，男人油膩的大手攥著林以然細瘦的手腕。她一把抓住邱行的手，搭上的瞬間邱行一使力，把林以然拉到自己懷裡，手扣了下她的腰。

「鬆開。」邱行說。

說話的同時邱行另一隻手提起了一支啤酒瓶。

對方一桌四個人，邱行眼神半點也不怕，只盯著抓著林以然的光頭。

「你說放就放？」對方不但不放，還挑釁地搓了搓林以然的手臂。

林以然被他搓得噁心，另一隻手抓著邱行的衣服，眼睛緊緊閉著。

她驚惶地叫邱行，邱行安撫地在她背上拍拍，隨後放開了她。

光頭抓著林以然的手腕，抬起來作勢要放在嘴邊親一口，不等他嘴湊過去，邱行一酒瓶照著他臉用力抽了下去。

這一下讓對方鬆開了林以然的手，也讓場面瞬間亂了起來。另外幾個人都站了起來，邱行推了林以然一把，示意她走。

邱行踢了他們的桌子，這四個人都喝多了，旁邊放著幾箱空瓶，幾個人站也站不穩，卻一身蠻力。

店裡有人跑出來看熱鬧，老闆娘尖叫著喊他們別打了。周圍亂成一團，林以然這次卻不害怕了，非但不怕，還繃著臉抄起一旁的椅子。

她兩隻手舉著椅子，往喝高了的幾個人身上砸，單薄的身體把椅子掄得高高的。

老闆娘的尖叫聲刺耳地持續響起，林以然不知道從哪來的力氣，只顧砸人，誰朝邱行過去，她就朝誰掄。

不知道多久以後，邱行朝她伸手，林以然便把椅子扔了，攥住邱行的手，被邱行帶著跑了。

他們在街上猛烈奔跑，身後有兩個人在追。

林以然不回頭看，只跟著邱行一直向前。空氣湧進肺部，脹得胸腔尖銳地疼，眼前一片模糊，卻有一種衝破一切的暢快。

用力地呼吸和奔逃，每一個細胞都肆意，血液在身體裡奔流、衝撞，心臟每一下都撞上骨頭。

他們穿過風的夾縫，從路燈的光下鑽過去。

直到被邱行帶進了一條完全黑暗的巷子，林以然還在劇烈地喘。

邱行也喘著粗氣，把林以然塞在自己和牆壁中間，大腦放空，太陽穴處脈動砰砰地跳著。

林以然的眼睛在黑暗中細碎地閃著光。

不等邱行完全反應過來，林以然抬手抱住他的脖子，朝他吻了過來。

在林以然抱上來的瞬間，邱行以為林以然嚇壞了要抱他，邱行下意識抬起手，搭了下她的腰。是一個準備安慰的姿勢。

然而林以然的嘴唇貼了上來，邱行錯愕地睜著眼睛看她。

林以然嘴唇溫軟，呼吸顫抖，剛才閃著光點的眼睛緊緊地閉著，手臂輕輕地圈著邱行的脖子。

邱行往後讓了讓，抬起頭拉開一點距離，剛才劇烈奔跑後的氣息還沒喘勻，手臂還虛搭著林以然身側，他垂眼看著林以然，喘著氣問她：「妳幹什麼呢？」

林以然耳膜還是脹的，用力掄椅子的手臂還隱隱發麻。她並沒有答話，只是專注地看著邱行。

邱行問：「嚇著了？」

他拍了拍她的背，然後抬手想把她手臂拉下來。

然而他手指剛一碰上林以然手臂，林以然卻踮起腳，再次吻了過來。

這一次林以然用盡自己所有力氣，她破釜沉舟一樣地去吻邱行。

一個乖乖的好學生，連戀愛電影都看得少，她親得不得章法。這是一個循規蹈矩的女孩這輩子做得最出格的事，在黑暗的小巷子裡主動去親吻一個男人。她的呼吸斷斷續續，快要流眼淚了。

邱行的眼眸黑沉沉的，審視般地掃過林以然的臉。

在邱行沒有回應的時間裡，林以然再也沒有其他能做的，只能無助又執著地抱著邱行。

她不知道在這幾秒鐘時間裡邱行腦子裡迅速閃過的很多念頭。那些需要邱行麻痹自己才能扛過去的現狀，那些已經放棄的過去，以及暫時沒有指望的將來。它們在幾秒鐘裡像爆炸一樣在邱行大腦裡沿著神經鋪開。

林以然的嘴唇軟軟地貼著他，外強中乾，用盡了的力氣下面是她小心翼翼的觸碰和未言出口的祈求。

她的眼淚是在邱行突然扣住她脖子咬她嘴唇時落下來的。

邱行的手勁很大，他真發起狠來並不溫柔。

他的吻強勢凶猛，攻城掠地，林以然被他扣在懷裡，被獨屬於邱行的氣息包裹著。

跟剛才林以然只是貼著邱行的嘴唇比起來，這才是個真正的吻。

它充滿侵略性，不可抵抗。

在林以然失去呼吸之前，邱行放開了她。

林以然背靠著牆，用力地吸氣。

「想這樣？」邱行的聲音變得又沉又啞，看著她問。

林以然說不出話，眼裡帶著水光。

邱行深深地看了她一陣子，最後退了一步，把空間讓了出來。同時抬手在林以然頭上胡亂揉揉，又落下來在她側臉用力兜了一把，把林以然揉搓得搖頭晃腦。

分離前夕的夜，它註定不會如常平淡地過去。

它是這個夏天的結尾，要給這個動盪而肆意的夏天畫上濃烈的一筆。

這個晚上，他們之間有著太多脫軌的刺激。

酒精、打鬥、奔跑、親吻。

它們讓神經躁動和亢奮，讓克制的變得放肆，讓規矩的想放蕩。想不顧一切地拋下所有雜念，扔掉狼狽苟且的生活，把汗揮灑在空氣裡，把唯一擁有的捏在手裡，想跳進海裡。

賓館門後，沒開燈的房間裡一片黑暗，林以然眼前只有她看不清的邱行。

從那個親吻過後，林以然沒再說過話，她只是沉默著牽著邱行的手，大步走在路上，走到這裡。

邱行沒碰她，在黑暗中沉聲問她：「妳想要什麼？」

林以然知道自己在顫抖，她呼吸亂得說話快要說不清楚。她知道邱行在盯著自己，林以然深吸口氣，用力地咬了下嘴唇，在這一瞬間裡閉上眼睛扔掉前十九年的自己。

「你。」她睜開眼睛，對邱行說。

他們跳進了海裡。

月光灑滿水面，海岸遙遙相對，浪潮洶湧，把人吞進海底。

邱行並不是個溫柔的人，他不會輕聲細語地哄，也不說情話。林以然疼得白了臉，可她全程沒有流眼淚，只是一直抱著邱行。

邱行經常凶巴巴地吻她，也會很輕地親她的眼睛。

林以然始終在他的懷裡，告別了從前的自己，從今夜開始了新的一段人生。

她的眼淚落在風平浪靜後。

邱行仍然把她鎖在自己懷裡，拂開她汗濕的臉上黏著的幾根頭髮，露出她白淨的臉。

邱行俯下來無聲地親親她的額頭，又碰碰她的鼻梁，碰碰嘴唇。

這時林以然的眼淚落下來，從眼角滑了下去。

邱行掌心托著她的臉，拇指點點她的眼角，低聲問她：「哭什麼？」

林以然泛著濕意的眼睛專注地看著邱行，眼睛紅紅的，流著眼淚依然十分漂亮。

「邱行。」林以然聲音裡帶著一點點啞，輕輕地叫他。

邱行便又低頭親她：「嗯？」

林以然抬起手臂，再次抱住邱行。

「你別放開我，行嗎？」

邱行沒有答應，只說：「妳要上學。」

林以然又落了滴眼淚，問：「那你能去看我嗎？如果你離得近的時候……我們可以一直這樣。」

邱行動作一頓，問她：「哪樣？」

「……現在這樣。」林以然抿抿發白的嘴唇，閉著眼睛說。

邱行抬起頭，看著她，過了幾秒問：「什麼意思？」

「我不想一個人。」林以然啞聲回答說。

邱行沉默著，沒有說話，只是盯著她看。他眼睛黑沉沉的，讓林以然有點害怕。

「你陪我一段時間，等我……等到我快畢業，可以嗎？」

邱行仍是看著她。

房間裡陷入窒息般的沉默，餘下的只有彼此的呼吸聲。

後來邱行平靜地問她：「我陪妳上學，妳陪我睡。妳是這意思嗎？」

某個字眼讓林以然的眼睫一顫，她半天才點了點頭。

「陪多久？四年？三年？」邱行問。

林以然紅著眼睛答：「三年。」

「之後呢？」

林以然流著眼淚說：「……之後就結束。」

邱行又恢復了他沒有表情的臉，點頭說：「行。」

邱行起身離開，剛才還旖旎而燥熱的床上，只剩下林以然自己。

微涼的空氣漫上來，把一切狀似浪漫和情愛都帶走了。

月亮清冷高潔地掛在天上，冷靜地看著人間。

在這個平凡又非凡的夏日夜晚，林以然用自己的天真，換了邱行三年時間。

# 第八章　三年

「啊啊啊，以然妳快點啊！」李仟朵在走廊樓梯下面急得直跺腳，抬頭朝樓上喊，「真的來不及了啊啊啊啊，今天是魔鬼薛的課啊！」

「來了來了！」林以然抱著本書跑出來，長長的頭髮隨著她下樓的動作跟著躍動，午睡剛醒的臉上不施粉黛，素淨著就出來了。

「上週他因為缺勤已經發了火，這週肯定要抓，我們遲到了就是撞槍口上了！」李仟朵挎上林以然手臂就往前衝，小小的個子，頭頂紮了個圓圓的揪。

「快走，來得及。」林以然說。

昨天寢室裡有個女孩過生日，幾個女生在外面瘋了半宿，沒回來住。早上趕早八又起得很早，上午下了課林以然和李仟朵隨便吃了個三明治就回來午睡了。

這樣的活動林以然很少參與，她不太出去玩，這次如果不是因為室友過生日，三個室友又扣著她不讓回，她是不可能夜不歸宿的。

用室友的話說，以然是家教太嚴了，叔叔阿姨管得太多，把她管成了老古板。

中午這一覺睡過了頭，林以然睜眼便趕緊把李仟朵叫了起來。

她們要在五分鐘之內跑過半個校園，還要上四樓。兩人從宿舍衝了出去，一路上不顧形象地狂奔。

「喲，女神也遲到啊？」身後摩托車轟響，有人問。

兩人回頭看了一眼，是同院的一個學長，之前活動裡跟林以然認識的，路上見面會打個招呼。

林以然朝他笑笑，擺擺手。

「上車啊？帶妳們過去。」對方說。

不等林以然拒絕，李仟朵說：「不了帥哥，謝謝，再見！」

說完便拉著林以然繼續跑了。

林以然是文學院的名人，大一入學軍訓結束那天晚上，就在操場上被體育學院大三男生表白。

當時被滿操場的人圍觀起鬨，林以然尷尬得無法回應，雙手合十地連連說「謝謝、對不起」。

對面男生是校草級別的人物，在場有不少等著看笑話的，起鬨聲響得離操場很遠都聽得見。

這種時候本應該先應付過去，不想交往的話回去再說清楚，免得無法收場，兩個人都尷尬。

林以然卻硬是沒接那束花，只是真誠地看著對方一直說抱歉。

好在男生見她是真的不想接受，眼神裡的歉意也非常真誠，便沒有堅持，朝她搖了搖頭，笑了下說：「沒事，應該我說對不起。」

隨後把手裡的花遞給了林以然旁邊的室友，回頭跟周圍的人說：「謝謝捧場啊，失敗了，散了吧。」

旁邊的室友是李仟朵，從沒見過這麼漂亮的花，抱著喜歡得蹦蹦跳跳的。

這件事之後林以然就被掛在了院花的牆頭上，加上幾次考試系排名第一的成績，到現在文學院院花的地位也沒有動搖過。表白牆上隔三岔五就能看見有人向她表白，有匿名真表白的，也有真名發表故意起鬨的。

不過因為大一那次堅定拒絕的表白事件，後來再也沒有這麼高調的表白，甚至真正向她表白的都很少。

大家都知道她雖然看起來溫和，但真難追、難約。

她們跑進教室時老師剛把點名冊拿出來，兩人往後門旁一坐，喘得眼前發黑。

「我要吐了！」李仟朵喘著氣跟林以然說。

「那妳下次就早五分鐘來，別吐我課堂上。」前面的中年男教師幽幽地接了一句。

教室裡「撲哧撲哧」地笑起來，周圍同學回頭看她們。

「好的好的老師，下次我第一個來！」李仟朵連忙說。

林以然碰碰她的腿，讓她別丟臉了。

李仟朵吐吐舌頭，做了個鬼臉，意思是自己快掛了。

點完名準備上課了，林以然摸摸口袋，看了李仟朵一眼。

「幹嘛？」李仟朵了然地問，「找手機？」

林以然小聲說：「我包沒拿。」

「我知道，妳出來我就看見了，但我沒告訴妳。」李仟朵嘿嘿兩聲，「我怕妳再回去拿我們來不及。」

「那妳的借我……」林以然想了想，又說：「算了。」

李仟朵遞過來：「妳用唄。」

林以然擺擺手，說：「沒事，不用了。」

林以然想起自己還有訊息沒傳，但轉念一想，她傳不傳也沒有那麼重要。

兩個小時的課，李仟朵在旁邊睡了半節，林以然聽得認真，筆記記滿兩張紙。

當天下午還有另外一節學院通識課，下了課幾個室友直接去餐廳吃飯，等到回宿舍已經晚上六點以後了。

「我先洗澡了啊，好累。」室友欣冉脫了外套，準備卸妝洗澡就要睡了。

「好喔。」仟朵說：「妳好早。」

「太睏了。」欣冉說：「昨晚我沒怎麼睡。」

林以然回來先去拿手機，手機之前放在包裡，螢幕上顯示有四個未接來電，還有兩則訊息。

四通電話都是邱行打來的。

訊息也一樣。

邱行：『林以然。』

在兩個小時之後，邱行又傳：『回電話。』

「以然？」室友又叫她一聲。

「嗯？」林以然回頭問，「怎麼了？」

「發什麼呆呢？叫妳都沒聽見。」欣冉問她，「洗髮精再借我用用？我買的還沒到。」

「用我的呀。」另一個室友說。

「不要，我喜歡以然的，好舒服的味道。」欣冉說。

「好，妳自己拿。」林以然拿著手機出去，「我去打個電話。」

林以然已經很多天沒跟邱行打過電話了。

他們上次的通話記錄在半個月以前，只有幾分鐘就掛斷了。

邱行總是很忙，打電話給他他不怎麼說話，語氣平平淡淡，偶爾會讓人覺得他不耐煩。

後來林以然就不打了。

近來他們連訊息都少傳，離「三年」越來越近，他們像是已經在準備結束了。

昨晚林以然傳訊息給邱行，說室友過生日出去玩。

邱行問去哪裡。

林以然到了吃飯的地方拍了照片傳給邱行，到了酒吧又拍了一張。

邱行問：『喝酒？』

林以然說：『我不喝。』

等到快十二點了，邱行傳訊息問她：『回宿舍了？』

林以然當時正在照顧喝多的李仟朵，迅速回了：『沒。』

邱行：『去哪了？』

林以然騰不開手，過了好半天才回：『在外面住，明天說。』

邱行就沒再傳過來。

說了明天說，然而林以然這一整天沒動靜，電話不接，訊息不回。

這時林以然拿著手機去走廊盡頭的窗戶邊，才隱隱地感到忐忑。她沒想到邱行會打電話過來，邱行平時不怎麼主動找她。

而邱行傳的那一句「林以然」，證明他生氣了。

邱行很少這麼叫她，平時都是叫林小船，每次叫林以然都是他生氣或者警告的時候。

電話響了幾聲被接通，對面從接起來就是沉默的，連「喂」也不說。

林以然手搭在窗臺邊，聲音裡帶著試探：「喂？」

電話裡是令人鬱悶的沉默。

林以然又叫他：「邱行？」

邱行才出了聲：『嗯。』

他聲音沉沉的，林以然聽不出他是不是生氣了。

「我下午走得急，沒帶手機……」林以然小聲地和他解釋，「剛回來。」

邱行問：『什麼時候回來的？』

林以然知道他在問什麼，回答說：「早上就回來了，八點有課。」

邱行『嗯』了聲，就不再說話了。

電話那邊很安靜，邱行應該是待在一個安靜的空間裡。

林以然問他：「你在哪裡？」

邱行說：『在家，睡著了。』

「那……你睡？」林以然手指搓了搓窗臺的大理石邊，「我先掛了？」

林以然想說等他睡醒了再打給他，而不等她說出來，邱行已經說了聲『行』，掛斷了電話。

在這個偏北的城市，四月的風還是很涼。

林以然站在窗戶邊，外面吹進來的冷風颳得她手和鼻尖都冰涼。

她好久沒聽到邱行聲音了，也很久沒見過邱行了。

寒假之後邱行沒有來過。

邱行還是當初的模樣，似乎對任何地方、任何人，都毫無留戀。

邱行並不熱情，可他做到了他當初承諾的，不管什麼時候林以然找他，邱行都能讓她找到。

邱行確實一直陪著她。

林以然在這兩年半的時間裡，已經習慣了邱行的來去匆匆。她並不糾纏，不多打擾邱行的生活。

儘管這樣，可剛才邱行在電話裡的冷淡還是讓林以然感到有一點點失落。

林以然在窗邊站了一下。少見地，在掛了電話之後又打了回去。

邱行再次接起來，淡淡地問：『還有事？』

林以然被風吹得有點冷，她裹緊毛衣外套，抿了抿嘴唇，說：「我還沒說完呢，你為什麼掛我電話？」

邱行似乎也帶著脾氣，回道：『還要說什麼？說。』

林以然微蹙著眉，聲音還是軟軟的：「你凶什麼？你是生我氣了嗎？」

『我生不起。』邱行淡淡道。

林以然已經不再是十九歲那時的她了。

她依然是個溫柔的女孩，總是笑著和人說話，不會大吼大叫，可在面對邱行時，偶爾會露出一點點小脾氣，不是什麼時候都軟綿綿的。

比如現在。

邱行態度不好，林以然回撥過去也沒好到哪裡去。

「你是因為我沒接到電話嗎？」她問邱行，「我不知道你會打過來，你平時不是不打嗎？」

她繃著臉，眼睛因為有點情緒而亮亮的。

邱行反問：『平時妳半夜出去喝酒了？』

他終於讓林依然把那層冷淡的殼撬開了：『出去喝酒不回學校，第二天找不著人，這也不用我找，是吧？』

林以然被問得說不出話了，垂著眼不出聲。

兩邊都沉默了一下，林以然剛冒頭那點脾氣很快就漏沒了。她剛要開口說話，聽見邱行問：『我管多了？』

林以然聲音低下來：「對不起。」

『妳要是以後這些事都不用我管了妳就說。』邱行又說。

林以然眼睛倏然紅了，立即說：「不要……還有半年。」

她聲音能聽出來呼吸不對了，邱行沒有再說。

『吃飯了嗎？』邱行再開口時語氣就沒那麼衝了，問了她一句。

「吃過了。」林以然聲音悶悶的，「在學餐。」

邱行『嗯』了聲，說：『掛了？我去吃飯。』

「好。」林以然也變得又乖乖的，「再見。」

掛了電話，林以然回宿舍時帶著一身涼氣。

「以然快看看，傳妳手機上了，我們週末去玩呀？」李仟朵坐在自己椅子上，仰頭和她說。

「玩什麼？」林以然問。

「一個都是美男的地方！天堂酒吧！」李仟朵色瞇瞇地笑著，「摸腹肌！大胸肌！」

林以然可以說是花容失色，迅速說：「我不去。」

「妳把以然嚇死了。」欣冉洗完澡爬到床上，哈哈笑著，「昨天把她帶出去我們費多大力氣啊，妳還讓她摸大胸肌，嚇死她了。」

「嗯嗯，嚇死我了。妳們去吧，我不去。」林以然連連擺手，「我肯定不去。」

「這麼快醒了？」

邱行一出去，毛俊詫異地看著他。

「睡不著了。」邱行拿了瓶水擰開喝了口，問，「怎麼樣了？」

「快好了。」毛俊身上穿著工作服，地上擺著一排零件，正在拼裝。

邱行身上穿著件純黑的素短袖，下面是件灰色運動褲，頭髮很短，身材看起來很結實。

「你一宿沒睡，才剛睡了半小時？這可以嗎？」毛俊一邊往零件上抹油，一邊和邱行說話。

邱行靠在幾條摞起來的輪胎上，手肘拄著，打了個哈欠說：「睡不好，晚上再說吧。」

「你就是腦子裡想事太多，壓得睡不著。」毛俊說：「把腦子放空一點，別想東想西，年紀輕輕整天死氣沉沉的。」

邱行被他說得笑出來：「我沒想什麼。」

「你算了吧，腦子挖出來秤秤也比我多二兩。」

邱行笑著又喝了口水，沒再說話。

毛俊是修車廠的大工，是邱行從林哥廠裡帶過來的，比邱行大兩歲，修車已經超過十年了，是個樂觀的人。用他自己的話說就是傻樂呵，沒心沒肺。平時如果邱行不在，廠裡的事都他說了算。

前年冬天邱行的貨車徹底壞了，他沒再大修，把那輛車賣了。

那車他開的時候就已經接近報廢了，邱行又開了四年多，最後連舊車都賣不成了，以廢鐵賣的。

這輛車在邱行他爸手裡跑了十幾年，後來到了邱行手裡，三天兩頭修理，還是撐著用它還完了那九十萬的債。另外一輛車也在那時一起賣了，它們被使用的這十幾二十年，也算是發揮了作為一輛貨車的最大價值。

至此，邱行算是結束了這幾年的還債生活。他爸欠的債、他自己答應的賠償，邱行全都還完了。

這讓那些當初看笑話的人說不出話，背上這些債的時候邱行十九，是一個原本只知道讀書和踢球的男孩。

後來邱行用手裡剩下的錢又買了輛半新不舊的車頭，掛了個舊車廂。邱行又在路上跑了半年，這次他帶了個年輕的司機，人很機靈，會辦事，腦子也靈活。邱行帶著他跑到去年夏天，之後另雇了個司機，讓他們去開，邱行就不怎麼再開長途了，只遠程聯絡，偶爾跟趟車。

那些貨源貨主他也沒有扔下，一直保持聯絡，後來除了他自己那輛車，還有幾個固定配貨的車，有時貨著急運邱行就雇別人的車。

修車廠是去年秋天開的，邱行不算是大老闆，他占小，林哥占大，錢和人基本都是林哥的。

老林自己的修配廠在臨近的幾個省份很知名，幾個大工技術好，這些年裡鄰省的車隊偶爾會讓老林這裡出人過去集中修理保養。

現在邱行帶人在外省又開了個廠，也是林哥幾次商量邱行才成的。畢竟是在外地，老林有技術也白搭，外地生意難做，尤其是這個行當，沒那麼多文化人的路數，你搶別人飯碗，別人必然不會讓你好過。

老實人在自己家門口怎麼幹都行，到了外地容易受欺負，任人搓圓搓扁。老林自己無法一直在這邊盯著，缺個能闖敢幹的。

如果邱行沒從車上下來，他根本不會投錢開這個廠。邱行腦子轉得快，見什麼人說什麼話，又天不怕地不怕。

在很多方面邱行確實像他爸，天生就是個做事的人。

邱行昨晚接了個急活，一輛貨車在高速公路上拋錨了，車上拉了一車海鮮，不敢等。邱行半夜開了二百多公里帶著工人和設備過去，修完回來已經今天上午了。

他自己那車今天也回來了，邱行等著司機回來交代了點事。中午吃過飯又來了個客戶，是當地一個物流公司的老闆，跟邱行簽了兩年期的合作合約。

邱行是個正直坦蕩的人，加上會說話會哄人，他不缺客戶。這種跟物流或者車隊的長期合作，有一個就能保證一個差不多規模的修車廠維持生存。

廠裡廚房大叔手藝很好，今天滷了兩隻鵝，香味從廚房那邊飄過來，邱行笑了下說：

「我餓了。」

「吃，吃完睡覺，明天還有明天的事呢。」毛俊說：「我明天下午出去，你有事沒？沒事別走了啊。」

「行。」邱行說。

毛俊說：「我姊幫我介紹了女孩子，嘿嘿，見女生去嘍。」

邱行笑了：「祝你成功。」

「祝我成功。」毛俊把拼得差不多的零件放地上，端著手說：「洗手吃飯去！」

晚上十點，室友已經在各自的床上了，有坐著看書的，有躺著追劇的。

林以然裹著毯子，坐在下面還在打字。她穿著厚厚的睡衣和棉拖鞋，頭上卡著個髮箍，從洗完澡就坐在這了。

手上在做的是一個翻譯稿，是一位和她相熟的編輯規劃的海外版權專案，一套英國出版的兒童科幻小說，她和一個英語翻譯系的碩士學姐共同做這個案子。

林以然對文字並不陌生。

可能是受她那個有一定才華的父親的影響，她從很小就喜歡看書，也喜歡寫東西。小時候的作文拿過獎，國中去參加作文競賽拿一等獎，考試還加了分。高中三年過得斷了層，也斷斷續續地用筆在紙上寫了些文字。

等到大一再提筆，就跟從前不一樣了。沒有了那些靈動縹緲的文字，不再有天真的想像。

她大一投的幾篇文學雜誌，其中有篇小小說還拿了當年的一個算是有含金量的獎。

在那之後她又發了幾篇，都在門檻有些高的雜誌上，一篇寫聾啞人的中篇小說簽了出版，還沒有成書。

有人說她的文字堅實細膩，寒澀冷銳，卻有一種殘忍的溫柔。

這和她這個人有些割裂，然而仔細想想卻沒那麼違和。

林以然在下面凍得手涼，細長的手指有些發紅。

手機上來了訊息，林以然拿起來看了一眼。

是一則銀行帳戶通知。

林以然蹙了下眉，立即打開網路銀行轉了回去。

林以然：『給我錢幹什麼？』

邱行沒有回她，過一下林以然又收到銀行通知，邱行又把一萬轉了回來。

林以然：『我有。』

在林以然又轉了一次之後，邱行也再次轉了過來。

邱行：『睡了。』

林以然沒有回他。

邱行總是這樣，他轉來的錢林以然轉不回去，他定下的事情林以然也改變不了。他是個說一不二的人，林以然又習慣了聽他的話。

邱行默認他們的關係中包含這一項，比起林以然最初說的陪伴，他似乎把他們之間的關係定義得更加簡單。

毛俊相親回來，有些眉飛色舞。

邱行看他這樣，問他：「成了？」

「不知道呢，吃完飯還一起看了電影，我送她回家了。」毛俊挺高興地說。

「那怎麼不吃個晚飯再回。」邱行穿著工作裝，正在幫忙綳胎。

「我怕人家煩。」毛俊摸摸後腦勺，笑笑，說得有點猶豫，「我看最開始她嫌我學歷低，沒知識。我想我別太熱情，萬一沒看上我再招人煩。」

邱行問：「她什麼學歷？」

毛俊說：「大專。」

邱行幹著活，隨口搭話：「你呢？」

毛俊：「我高中沒念完，高二就不念了。本來想去當兵，後來沒去成，就出來學汽修了嘛。」

邱行安慰地說：「之前肯定已經問過了，既然願意出來見就是不在意，別多想。」

毛俊嘿嘿一笑，又問：「小邱你什麼學歷？」

「我啊，」邱行把卸下來的胎滾到一旁，去拿工具，「我也高中。」

「唉，我們都是低學歷人群，到了社會不招人待見。」毛俊感嘆著說：「要是再有機會我肯定好好讀書，也念個大學。」

毛俊人很開朗，但是不夠聰明。他跟邱行在這邊待久了，自動把邱行當作了和自己一樣的人，忘了邱行家裡的事。

「你說我們當時要是成績好點，哪至於現在幹這麼髒的活，渾身髒得跟鬼一樣。」毛俊還特地站在旁邊問邱行，「你說是不是，小邱？」

邱行拿了膠和扳手，又從一邊拎了個巨大的盆，放到輪胎旁。

邱行臉上沒什麼特殊表情，配合地說了句：「是唄。」

毛俊和相親對象發展得挺好的，現在處在一個將交往未交往的階段。毛俊愛說話，休息時間能陪著打一兩個小時電話，給滿情緒價值。

正是暈船的時候，邱行願意多給他時間，他如果不出門的話有事基本上不找毛俊。

邱行雖然臉冷，但是廠裡人都知道他是個很好的老闆，好說話，也沒那麼多規矩，經常跟他們一起幹活。

毛俊中午出門約會去了，邱行反正沒什麼事，拿著工具去車底下修車了。這是毛俊的工作，邱行學得快，現在也能頂一下。

手機在口袋裡響起來時，邱行正在車底下躺著卸螺絲，戴著的手套上全是油。

他剛開始沒接，等到周圍有工人路過，邱行才從車底下滑下來。他背底下墊著片厚紙板，從車底下滑出半截，探頭說：「過來個人。」

小張跑過來，問：「怎麼了邱哥？」

邱行說：「幫我拿手機出來。」

小張去摸他褲子口袋，拿出來說：「給你，邱哥。」

邱行問：「誰的電話？」

他手機沒密碼，打開直接能解鎖，小張看了一眼，笑著說：「小船……嫂子的，哥。」

邱行又滑了回去，在車底下說：「幫我撥回去，擴音。」

小張替邱行回撥，探手放在邱行旁邊不遠，很有眼力地站起來就走。

不等他走遠，聽見電話那邊接通，一道好聽又溫柔的聲音傳過來：『喂？』

小張連忙跑走了，不聽老闆打電話。

忙，通常不會主動打電話找他。

「怎麼了？」邱行問。

林以然問他：『你在忙嗎？』

「不忙，怎麼了，妳說。」

從那晚打過兩通電話之後，到現在已經快一週了，兩人沒再通過電話。林以然怕他忙，通常不會主動打電話找他。

林以然從宿舍出來，正朝圖書館走，準備去查點資料。

正中午的時間，大部分學生都在宿舍裡休息，天氣陰沉，校園裡沒什麼人。林以然一個人走在林蔭道上，和邱行打電話。

「你今天打電話給方姨了嗎？」

邱行說：『今天沒打，昨天早上打過。』

「我剛才和她打了電話，」林以然的聲音聽起來情緒不太好，有些擔憂，「我覺得她狀態不太好。」

邱行問：『說什麼了？』

「又像從前那樣，說你上學的事什麼的。」林以然皺著眉，「她好久沒這樣了……我有點擔心，邱行。」

邱行說：『上次我回去她就有點糊塗，我不想讓她再去醫院了，她也不想住。』

林以然想了想，低聲說：「下個週末我去看看她吧，陪她兩天。」

『妳沒事？』邱行問。

「應該沒有。」林以然說：「我等下訂票。」

邱行『嗯』了聲，卸下來的螺絲帽放在一旁，說：『上次我回去她說想妳了，妳沒事就去看看她。』

「好。」林以然頓了下問，「你回來嗎？」

邱行回答：『我不一定。』

林以然和邱行媽媽來往密切，兩個人經常通話，林以然每次放假都去陪她一段時間。方姨這兩年病情有了起色，邱行把她從醫院裡接了出來，沒讓她回老房子住，而是幫她租了個小房子，雇了保姆專門照顧她。

方姨無論是在清醒還是糊塗的狀態裡，都很疼林以然，對她充滿慈愛，林以然也很依戀她。方姨打給林以然的電話比打給邱行多，和邱行反而沒太多話說。

長輩心裡總是更喜歡女孩，漂漂亮亮又貼心的女孩誰不喜歡。

「然然，我們一起去玩嘛，我看網路上都說很有趣。」李仟朵抱著林以然的手臂，前前後後地晃著，央求道，「妳陪我去嘛。」

這段時間李仟朵一直和林以然商量，想和她一起去最近很紅的網紅酒吧。寢室裡四個人關係雖然都不錯，但李仟朵平時跟林以然關係更近，出門也更喜歡和她一起。

林以然毫不動搖：「我不去，我要回家。」

「就為了不跟我去摸胸肌！妳甚至要回家！」李仟朵皺著臉，抗議道。

林以然笑著捏捏她的臉，說：「妳跟欣冉她們去。」

「就想跟妳去。」李仟朵嘴巴嘟著，臉圓圓的，看起來很好玩。

她本來就年紀小一些，加上性格原因，寢室裡大家都把她當吉祥物，喜歡逗她玩。林以然對她照顧得多，所以她也黏林以然。

「我昨天聽見妳跟阿姨打電話了，妳想媽媽了？」李仟朵問。

林以然笑笑，說：「對呀，所以回去看看。」

「好啵，」李仟朵悶悶地說：「反正妳不回家也不會陪我去，妳不喜歡男色。」

林以然微笑著沒回話，任李仟朵在旁邊嘟嘟囔囔地控訴她。

學校裡沒有人知道林以然家裡的情況，只知道林以然偶爾會和媽媽打電話，說話輕聲細語，沒見她們吵過架。

大家都說林以然性格好一定是像媽媽，林以然只是笑著默認了。

她從不聊自己家的事，哪怕是李仟朵對她瞭解都不多，只知道她家教很好，自己又努力，不熟悉的人背後聊起她，猜測她應該是高知識家庭。

林以然在學校人緣很好，但除了李仟朵也沒有關係特別親近的朋友，更多時候她都是一個人，喜歡獨來獨往。

林以然拎著之前幫方姨買的外套，剛走到樓下就聽見有人叫她。她抬起頭，見是方姨在二樓朝她笑著招手。

林以然笑起來：「妳在陽臺幹什麼呢？」

「我在澆花，妳進來社區我就看見了，一看就是妳。」方姨圍著披肩，趴在欄杆上，「快上來。」

「那妳幫我開門。」林以然指指大門，和她說。

林以然上次回來還是寒假時，都過去兩個多月了。

方姨很想她，林以然一進門，她就牽著手把人帶進屋裡坐著。林以然讓她試了衣服，方姨很喜歡。

「小船想吃什麼？方姨做。」她拉著林以然的手，和她說：「我早上和小于去了市場，買了好多菜，晚上做好吃的。」

林以然倒也不客氣，笑著說：「想吃餃子，只想吃妳包的，外面的餃子皮好厚。」

「方姨包，想吃什麼餡的？」方姨很高興，「還想吃什麼菜？」

「想吃櫛瓜雞蛋餡。」林以然想了想，又說：「再煮個牛腩？」

「沒問題。」方姨摸了摸她的臉，說她瘦了。

林以然對這裡很熟悉，她住這裡的時候不少，這裡有她的洗漱用具，還有一套睡衣。她的東西都放在邱行的房間，邱行不常回來，他的房間就當作客房用。

保姆是個四十歲的女性，老家在農村，孩子上國中，在這個社區裡租了房子陪讀。每天早上孩子上學了就來這邊，到晚上孩子下了晚自習回去。這樣不耽誤陪孩子，也能多賺點錢。邱行給的薪水不少，而且工作也不累，雇主不使喚人，每天就這點工作，剩下的時間只是換了個地方待著。

方姨和保姆小于相處得很好，兩個人一早去市場買了好多菜，兩個人做菜都好吃，在廚房有商有量地討論各自做什麼。

林以然趴在廚房的玻璃門邊，笑笑地說：「不要做太多哦，只有我們三個，吃不完。」

「等下做好了裝上一點讓小于帶回去，晚上給她小孩吃。」方姨又說：「還有邱行呢。」

「邱行要回來嗎？」林以然問。

「要的，邱行也很辛苦，上學很累。」方姨低著頭說。

保姆看過來，和林以然對視一眼，悄悄對她搖了搖頭。

方姨之前已經不太提邱行上學的事了，她慢慢地接受了現狀，這是個很長的過程。她接受了邱叔叔去世，也接受了邱行已經二十幾歲，不再是個高中生。

所以上次電話裡她又提到邱行在上學，林以然才覺得心裡發沉。

這時她又提起來，林以然無聲地嘆了口氣，靠在門邊安靜地站了一下。

三個人說說笑笑地包了餃子，林以然幫忙，還跟著學做菜。方姨做好了什麼就拿著筷子夾出來點給林以然先嘗，語氣和眼神裡滿滿的疼愛。

等到三人快要吃完了，門鎖突然響了。

林以然回頭去看，見邱行開了門進來。

幾個人都很意外，方姨驚訝地問：「你怎麼回來了？」

邱行笑了，說：「想回就回了，我不能回啊？」

「怎麼沒提前說？」方姨看見他雖然也高興，但明顯沒有見林以然那麼熱情，都沒站起來，「吃過飯了沒？」

「當然沒有了。」邱行說。

「下次你提前告訴我，不然不帶你飯。」方姨說。

林以然一直看著他，邱行換了拖鞋進來，和她對視上，問：「什麼時候回來的？」

林以然回答：「一點多就到了。」

邱行去洗了手，然後直接坐到林以然旁邊。

保姆已經拿了新的碗筷過來，林以然把自己的那盤餃子擺在邱行旁邊，邱行直接夾了吃。

「你別吃小船的，還剩了餡的，再幫你煮一點。」方姨說他。

保姆忙說：「不是還有呢？我不帶回去了，我回去炒個飯。」

林以然擺手說：「我吃飽了，正好吃不完。」

她說完又幫邱行盛了碗湯，放在邱行旁邊。

邱行微側了側頭，問她：「吃飽了？」

林以然看著他點點頭，邱行就接著吃起來。

他們很久沒見面了，林以然的視線一直落在邱行身上，保姆和方姨坐在對面看著他們，保姆八卦地朝方姨努努嘴。

他們沒跟方姨說過他們之間的關係，方姨也沒多問過，不知道她究竟知不知道。有時表現得像不知道，有時又似乎默認他們是對情侶。

晚上保姆回去了，林以然陪方姨看了一下電視，邱行在一旁的單人沙發上歪倚著看手機。

到了睡覺時間，方姨抱了條被子出來，放在沙發上。

林以然抬頭看她，邱行也從手機上挪起視線，看著他媽。

「晚上你睡沙發，讓小船睡房間。」方姨拿了個沙發上的抱枕，塞在扶手旁，跟邱行說：「你枕這個。」

林以然眨眨眼，沒出聲。

邱行視線又垂回去，還是那副坐沒坐相的樣子，「嗯」了聲。

晚上林以然一個人在臥室躺著，長長的頭髮披開蓋著枕頭，側躺占著半個床位。

邱行洗完澡也沒進來，還在客廳。

方姨早就回房間睡覺了，不知道睡著沒。

邱行在客廳沒有一點聲音，像是睡著了。

林以然手指頭無意識地搓了搓枕頭邊，在她起身要去客廳時，邱行推門進來了。

房間裡開著小夜燈，林以然在暈黃的燈光下看著邱行，安安靜靜的。她穿著睡衣，沒蓋被子，腳踝露在外面，骨節很漂亮。

邱行也穿著套睡衣，表情和眼神都很平靜，關了門直接往床上一躺，閉眼就準備睡了。

林以然輕輕地翻身面朝著他，聲音壓得低低的，叫他：「邱行。」

邱行睜眼看她，挑了挑眉，示意她說。

「你，」林以然幾乎是用口型在說：「你不……」

她問得吃力，邱行不等她問完，側過身把她往身邊一摟，一隻手從脖子下面穿過去，另一隻手抱著腰，又閉上眼睛，問：「妳帶了？」

林以然睜圓了眼睛，極低的聲音說：「我沒有……我不知道你要回來。」

「那不得了。」邱行微低了低頭，下巴在她額頭上碰了碰，「睡。」

# 第九章　曾經少年

邱行說了睡覺，真摟著林以然馬上睡著了。

林以然倒是好半天沒睡，邱行的氣息沉穩有規律地一下下撲在她頭頂，帶著邱行的溫度。邱行掌心溫熱，貼著她的腰。

每當邱行這樣摟著她睡，林以然都覺得自己特別安穩。是一個被包圍著的姿勢，被保護、被占有。

邱行睡眠淺，以前在車上睡的職業病，晚上有點動靜就容易醒。所以林以然每次和他睡都很當心，翻身輕輕的。

夜裡林以然覺得冷，坐起來蓋被子，邱行迷迷糊糊地問：「怎麼了？」

「沒事，我有點冷。」林以然把被子拉開，幫兩人蓋上。

邱行很自然地伸開手臂，林以然就直接躺了回去。邱行把她往自己懷裡扣了扣，林以然悄悄地把自己的臉貼在邱行胸口處。

邱行的心跳平穩有力，一下下從胸腔下面傳過來。林以然的頭髮蓋著邱行的手臂和手，邱行在睡夢中還無意識地撥了兩下。

在這兩年多裡，他們足夠親密，他們的默契甚至超過在一起多年的情侶。

可他們並不是真正的情侶。

早上林以然睡醒時邱行已經出去了，在客廳打電話。林以然聽見他的說話聲，摻著方姨打豆漿的聲音。

林以然走出去，看見邱行還穿著睡衣坐在沙發上，沙發上的被子已經疊起來放一旁擺著。

「小船起來了？」方姨在廚房招呼她。

「起來了，方姨。」林以然走到廚房門口和她說了幾句話，轉身去洗漱。

出來時邱行的電話依然沒有掛斷，聽起來像是在跟別人還價，對方想壓他的價，邱行一直笑著打機鋒，不同意。

這時候天氣還沒暖起來，早上剛起來時屋子裡有些冷。林以然在睡衣外面套了層外套，裹緊了準備去廚房幫忙。

邱行打著電話，朝林以然指了指她的腳。

林以然沒看見，直接往廚房去了。

方姨在攪麵糊，打算等等做蛋餅。林以然說還想吃個溏心蛋，方姨便笑呵呵地去冰箱拿雞蛋。

今天林以然和邱行都在家，方姨就沒讓保姆過來，讓她放了一天假。剛才邱行說他今天不走，方姨想晚上再好好做頓飯，昨晚那頓他沒提前打招呼，沒特地做他愛吃的菜。

「白天我們一起去市場，我和小于上次發現的一個農貿市場，可好了。」方姨今天心情格外好，一早就神采飛揚的，跟林以然說：「我們買隻雞。」

「好啊，」林以然笑笑說：「妳還想去哪？我都可以陪妳去。」

「怎麼那麼好啊？我們小船。」方姨看著林以然的眼神跟看女兒一樣，發自內心的喜愛。

林以然頭在她肩膀上靠了靠，笑著說：「跟妳好唄。」

方姨被她哄得開心極了，用手背碰了碰她的臉。

她們聊得太高興了，邱行回頭看了她們一眼，又轉回來接著打電話。

早飯之後方姨在房間收拾她昨天洗的衣服，林以然抱著膝蓋屈腿側坐在沙發上吃水果，邱行在旁邊和人傳訊息。

林以然叉了塊哈密瓜，剛要遞給邱行，就見邱行伸手過來，在她腳上摸了摸。

邱行另外一隻手還拿著手機，回訊息的動作沒停，手在她腳上按了一下。他手心熱，林以然也是到這時才覺得自己腳冷。

邱行按著她的腳，直到訊息回完，才回頭拿了個靠枕過來，壓在她並著的兩隻腳上。

這中間邱行什麼話也沒說，心思一直在手機訊息上，像是這些動作都沒當回事，無意識的。

林以然垂眼看著自己腳上蓋著的靠枕，又看看邱行。

邱行頭也不抬，從側面看他，側臉線條很硬朗，鼻梁高挺，睫毛還挺長。林以然看了他半天，心下悄悄地對比，私心覺得比之學校裡那些所謂男神，還是邱行更帥一點。

難得邱行和林以然都回來，也都不急著走，陪了方姨兩天。這兩天讓林以然放下心，方姨雖然偶爾說話亂亂的，但大部分時間都很清醒，並沒有她以為的那麼嚴重。

只是在他們都要離開時，方姨顯得有點失落。

她平時一個人住，雖然有保姆陪著，可還是難免孤獨。邱行人在外地，平時住在廠裡，忙起來不知道多久能回來一次。林以然也在外省上學，上課之外的時間她事也多，不是每個週末都能休息。

林以然走前，方姨拉著她的手，很捨不得。

邱行開車送林以然去車站，林以然一直在思考，過了半程，她猶豫地和他說：「邱行，你說……」

「說什麼？」邱行側了側下巴，問。

林以然想想剛才方姨的眼神，問：「如果幫方姨換個地方住呢？」

「往哪換？」邱行問，「她說住這不舒服？」

「沒。」林以然想了想，看著邱行，「不然我在學校附近租個房子呢？讓她去我那邊住，反正她平時也是一個人，如果她想回來的話就回來住，她如果覺得悶了就去我那裡。」

邱行並不考慮，直接說：「不。」

他態度堅定，林以然不明白，問：「你擔心她不習慣嗎？」

邱行搖了搖頭。

邱行這個態度就是不能商量，林以然也不是一定要說服他，她多數時候不和邱行起爭執。

她點了點頭說：「那我儘量多回來陪陪她。」

邱行「嗯」了聲。

過了一下，林以然才輕聲問他：「你怕我照顧不好方姨嗎？」

「不是。」邱行轉過來看了她一眼，說：「妳能照顧好。」

「那為什麼呢？」林以然問。

邱行只說：「不適合。」

林以然不明白邱行覺得不適合的點，在她看來，她和邱行是一樣的，只要有一個人能陪著方姨，好過她一個人留在那個城市裡生活。

邱行看著她茫然的眼神，笑了下，說她：「妳能不能長點心，別總跟缺心眼似的。」

林以然更不明白了。

邱行說：「那不是妳的責任，別往自己身上攬。」

「我不覺得她是責任，我只是想讓她開心一點。」林以然說。

邱行問：「明年呢？」

林以然沒反應過來，還問：「明年怎麼了？」

邱行又笑了下，抬手在林以然頭上胡亂揉了一把，說：「下車吧。」

這事邱行不同意，林以然也沒再提。只是後來有一次在她和方姨通過電話之後，林以然突然想明白邱行是什麼意思。

她和邱行還剩不到半年。

甚至到不了明年，等到今年秋天，她和邱行的關係就該結束了。

到時方姨在她這，沒了她和邱行現在這層關係，免不了尷尬。

邱行說的「明年」，是在提醒她時間。

在不見面的時間裡，邱行恢復了他的冷淡。他依然很少打電話，傳訊息也不多。見面時那點恍惚的溫情在隔著距離時不復存在，他們之間的關聯隨著距離而時遠時近、忽隱忽現。

邱行似乎並不留戀這段關係，他顯得更灑脫，隨時能夠抽身。

邱行又一次轉錢過來，林以然傳訊息給他：『邱行，你別再給我錢了，行嗎？』

邱行沒回訊息，只把林以然轉回去的錢又轉了過來。

林以然原本坐在床上看書，這時放下了書，膝蓋支著手臂，臉埋在手臂裡。

過了好久，室友都已經睡了，寢室裡熄了燈。

林以然自己坐在床簾裡，枕著手臂，慢慢地傳訊息給邱行：『你已經給我很多很多了，我不想要錢。』

邱行問她：『妳想要什麼？』

想要什麼？林以然想。

室友靜靜地睡著，完全黑暗的房間裡，只有林以然的床簾裡有手機的一點點光亮。

林以然問邱行：『我可以換別的嗎？』

邱行：『說。』

林以然：『什麼都行？』

邱行：『說來聽聽。』

隔著手機的邱行並沒有那麼好說話，林以然抱著自己的膝蓋，打了行字，猶豫了半天才忐忑地傳了出去。之後立即關上螢幕，閉上眼睛。

——『我想換更多時間。』

林以然的這句話傳過去之後，並沒有等太久。

邱行很快就回覆了她。

『妳又缺心眼了？』

果然，隔著距離的邱行是不好說話的邱行，他甚至不需要思考很久，就直接拒絕了林以然。

林以然看著她和邱行的聊天室，沒再回覆，沉默著收起了手機。

林以然只試探著問了這一次，之後不再提。

他們如常過著各自的生活，在不見面的時候，他們似乎毫無交集，唯一的關聯只有邱行時不時地往林以然戶頭裡轉錢。

林以然拒絕不了，便不再拒絕。

邱行就像一個正在離開的人，並且不接受挽留。

林以然的大三還剩下兩個月，下個學期她就大四了。

學院裡有一半的學生準備繼續讀書，另外一半不想讀了，已經在準備大四的實習。

林以然保送研究所的事已經定下來了，以她的成績，在學校幾個學院的研究所裡她可以選擇排名更靠前的，但她最終還是決定在原系讀研究所。

學院裡一位女教授很欣賞她，主動邀請林以然做她的學生。教授在國內文學圈裡有很高的成就，是一位很有名望的女作家。

林以然本來就很喜歡她，還特地選了她的課。

這樣在林以然大學結束之後，會繼續在這個學校讀三年。

林以然週三下午沒課，去辦公室見了老師，從學院出來時快四點，這天是個多雲的天氣，陽光並不強烈，是很舒服的溫度。林以然走在校園裡，穿著長裙和開衫外套，背著單肩包，頭髮披在背上，高挑的身型在人群中很吸引目光，走路時肩膀總是挺得很直。學院附近熟人多，一路上經常要打招呼。

「以然！」

林以然聽見有人喊她，回頭看過去，叫了聲：「可哥姐。」

「好久沒看見妳了，這段時間我也忙，沒怎麼在學校，還想著回來約妳見見。」女生穿著牛仔外套和工裝褲，頭上戴著頂棒球帽，皮膚不算很白，是健康的小麥色，人很漂亮，說話時透著股外向的爽朗氣質。

她走過來直接挎上林以然臂彎，很親近的姿勢，笑著跟她說：「正好碰見了，晚上跟我一起吃飯？」

「好啊，之前就說要一起吃飯呢，一直沒吃上。」林以然笑笑，「妳想吃什麼，可哥姐？」

「我們去外面吃，我帶妳去一家店，我朋友開的。」周可哥和林以然一起朝宿舍方向走，說：「我回去傳個文件，順便換身衣服，我們五點在樓下見。」

「好。」林以然說。

周可哥是林以然同院的學姐，現在讀研二，之後還要繼續讀博士。從林以然入學時周可哥就對她非常照顧，周可哥是個熱情開朗的人，和學院裡老師同學打成一片，朋友非常多，經常介紹朋友給林以然認識。

林以然感激她的照顧，和她關係很好。

晚上，兩人坐在一家餐廳的角落裡，被屏風隔出來的一個小小空間，相對很安靜。老闆是個年輕的帥哥，穿著灰色襯衫，親自帶她們入座。

他走後周可哥跟林以然說：「今天讓他請。」

「別，」林以然笑著說：「說好了我請妳吃飯。」

「他都說了好幾次讓我帶朋友來吃飯，今天給他個面子。」周可哥不在意地擺了下手，「下次妳再請我吃，請我吃飯著什麼急。」

林以然笑笑，搖了搖頭。

周可哥是個有話直說的性格，不拐彎抹角，跟她相處很舒服。吃飯時周可哥和她說：「上週我老師還跟我問妳。」

林以然疑惑地問：「問我什麼？」

「嗨，就讀研究所的事唄。妳保送我們學校的研究所了，他說妳要是沒定下導師的話可以來我們師門。」周可哥手上剝著蝦，說：「我說妳跟韓老師了，他就沒再說什麼。」
林以然顧忌周可哥是他的學生，沒有多說，周可哥倒主動說：「我不想讓妳來我們這，就沒跟妳提。」
「之前韓老師問我妳性格怎麼樣，我說可好了。」周可哥剝蝦剝得滿手的油，說：「妳就跟著韓老師，韓老師那好，以後妳要是讀博士在她那也更好畢業，不像我們這吃力，妳長這麼漂亮，更難。」
兩人心照不宣地一笑，不說更多，林以然說：「謝謝可哥姐。」
周可哥說：「我們還謝什麼。」
周可哥吃完蝦，去洗了手，回來說：「不過我以為妳會去S大呢，他們跟我們學校只有一個保送名額，妳要是想去的話肯定是妳的。」
林以然說：「我考慮過，去的話也去不成單老師那邊，他不收外校學生。其他老師我不太瞭解，可能沒有韓老師這邊適合我。」
周可哥說：「妳跟我說呀，我有幾個同學在S大，讓妳跟他們聊聊。」她說完又不經意地接了句：「邱行當時也在S大，不過他理科，學物理。」
林以然動作一頓，看向周可哥：「邱行？」
「對啊，邱行，妳不知道？」周可哥嘆了口氣，「邱行可是他們學校迎新會的新生代表，我們那屆的。」

林以然愣愣地看著她，說不出話。

「他可風光了，我同學還拍影片了。」周可哥惋惜地說：「他大一只讀了兩個月。」

林以然沉默了一下，才輕輕地問：「影片還有嗎？」

「早沒啦，手機都換了幾次了。」周可哥說。

大一入學第二天，晚上有人來敲宿舍門，問哪個是林以然。林以然說是自己，周可哥說：「快快，寶貝來加個好友，以後有任何事都隨時找我哈，這個學校我都熟！哎喲邱行托我照顧妳，他鄰居就是我鄰居，快加好友！」

林以然沒聽邱行說這事，當時有些意外。

「我跟邱行同班四年呢。」周可哥加了林以然的好友，說：「高二分班他選理組了，不然我們還能繼續同班。」

邱行家出事之後沒怎麼聯絡過以前的同學，還是他主動聯絡周可哥，說鄰居家小孩在他們學校，讓她有空多照顧。

因為這層關係在，周可哥對林以然確實照顧頗多。

後來她們關係真正好起來，就不再提起邱行了。

林以然知道邱行以前成績好，沒上大學。這是她第一次知道原來邱行也讀過大學，他是入了學又退學的。

想想也是，他家出事在十一月，這個時間邱行肯定已經在上學了。

「妳怎麼這麼意外，你們不是鄰居嗎？」周可哥問她。

林以然垂著視線，回答說：「我後來搬走了，中間聯絡不多。」

「我說呢。」周可哥想想邱行，又有點生氣，說：「他答應請我吃飯，但是我每次回去他都說不在，躲我！開空頭支票，我白照顧妳了！」

「我請，我請。」林以然笑了笑說：「他確實經常不在。」

「妳請是妳請的，他欠我的要他自己請！」周可哥氣憤地說：「我早晚要抓住他。」

周可哥口中那個意氣風發的邱行，令林以然情緒低落，感到非常難過。

她想到那年在貨車上邱行和她說的「妳要讓人生按照原路走，不要掉下來」，在這一刻林以然更加直觀地感受到什麼是邱行說的「掉下來」。

在這幾年裡，邱行儘管沒多熱情，在不見面的時間裡時常顯得淡漠，可他一直在，包括他時常轉過來的錢，他說過不會讓林以然「掉下來」。他始終托著她，讓她按照原路走，去過一個更好的人生。

這天晚上，林以然主動傳訊息給邱行。

這是那晚邱行拒絕了林以然想換更多時間之後，他們的第一次聯絡。

邱行收到訊息時剛洗完澡出來，只穿了件短褲，還在擦頭髮。

手機響了一聲，他拿起來看。

小船：『邱行。』

邱行手指敲了幾下鍵盤，回了個『在』，之後接著擦頭髮。

林以然的訊息隔了一下傳來：『你最近忙嗎？』

邱行：『還行，怎麼了？』

林以然說：『我想去找你。』

邱行問她：『有事？』

小船：『沒有。』

邱行把毛巾搭了回去，問：『那妳找我幹什麼？』

林以然趴在桌子邊，枕著自己的手臂，回覆邱行：『你不來找我，我還不能去找你嗎？』

邱行又開始油鹽不進：『妳到底有沒有事？』

林以然說：『你非要問的話，也有。』

邱行：『說。』

林以然在手機這邊，咬了咬嘴唇，慢慢地打了句『就……我想你了，算不算？』，又刪掉了，換成一句『我想去見你』，也刪掉了。

猶猶豫豫，刪刪改改，最後傳過去的簡單明瞭——

林以然：『我想你了。』

廣播通知列車即將到站，高鐵列車減速駛向月臺，林以然收起電腦裝進自己的大背包裡，站起來準備下車。

端午節假期的高鐵座位幾乎是滿的，月臺上人來人往，有男人下了車連忙點根菸抽，不管周圍是否有人，一大口吸得滿足的煙對著人臉上吐。林以然拉了拉口罩，在月臺上快步走著，又因為人多而走不了太快。

邱行的電話打過來，林以然接通，邱行問：『到了？』

「下車了，還沒出站。」林以然說。

邱行說：『廣場等妳。』

林以然有些驚訝地問：「你來了嗎？」

『嗯，』邱行說：『別去地下室。』

林以然那晚的訊息邱行雖然沒回，可後來林以然傳過去的車票訂單截圖，邱行也沒有再拒絕。

之後幾天他們沒聯絡，這時邱行突然打電話說他來了。林以然掛了電話後在原地站了幾秒，臉掩在口罩後面，可露出來的眼睛裡明顯染上了笑意。她背著包更快速地離開月臺。

林以然從出站口一出來，一眼就看見了邱行。

邱行站在廣場上，穿著件短袖T恤、牛仔褲、帆布鞋，站在那表情淡漠的不看任何人，像個裝酷的學生。

好英俊的邱行，林以然心想。

林以然走過去直接挽上邱行的手臂，邱行看她，她就仰著臉看邱行，眼睛彎起漂亮的弧度。

邱行沒有抽回手臂，只是另外一隻手接過了她的包。

「這麼重。」邱行用手拎著。

「裡面有電腦，一套衣服，還有擦臉的。」林以然說話時語調微微上揚，是有些快樂的語氣。

邱行掃她一眼，說她：「不嫌麻煩。」

「不麻煩。」林以然又笑笑，挽著邱行的手臂隨他去車上。

邱行開著廠裡的車來接她，一上車林以然就摘了口罩，深吸口氣。

「怎麼了？」邱行問。

「好多抽菸的，好嗆人。」林以然把口罩捲起來，塞進口袋裡，揉了揉鼻子說：「現在聞到菸味特別不舒服。」

「車站抽菸的多。」邱行發動車子，把車開出停車場。

林以然沒想到邱行會來接她，因為邱行在這幾天並沒有和她說話，但邱行還是早早來了。

至於林以然為什麼知道邱行很早就來了，因為出停車場的時候收費口顯示已經入場四十六分鐘。

看到螢幕時林以然側頭看向車窗，輕輕笑了下。

邱行問她：「笑什麼？」

林以然搖了搖頭，沒有轉回來，只說：「沒什麼。」

邱行現在住在修車廠，廠裡有宿舍，給幾個家不在本地的工人住。邱行的房間沒和他們一起，在另一個方向，跟辦公區相連。

林以然不是第一次來這，之前放假她也來過。

邱行帶著她回到廠裡，把她的包放到房間，和她說：「妳要是累了就躺一下，我有點事，辦完帶妳去吃飯。」

「好的，不用出去吃，我們在這吃就行。」林以然說：「你忙你的。」

「行。」邱行又說：「悶了妳就隨便轉轉。」

「好。」林以然又彎著眼睛笑笑，和他說：「你不用管我啦。」

剛從火車上下來，林以然確實想洗個澡。她把邱行的房間和浴室都反鎖了，迅速沖了個澡，換了身衣服，直接把剛換下來的一身洗了。

都收拾完後，林以然沒有自己出去，而是在房間裡把在車上沒寫完的稿子寫完了。

邱行回來時她剛寫完儲存，邱行拿了瓶水給她。

「去吃飯。」邱行說。

「好的。」林以然站起來，跟著邱行一起去餐廳。

林以然來邱行這沒有穿裙子，怕不方便。她穿了件背心，外罩一件灰色襯衫，下面是修身的淺色薄牛仔褲。剛才洗澡把頭髮高高地紮起來，穿得雖然隨意，反而把窈窕身型勾勒得更加明顯，腿又直又長。

邱行帶著她去吃飯，一屋子工人紛紛打招呼，林以然笑著和他們擺擺手，小張他們幾個年紀小的笑嘻嘻地喊：「嫂子好！」

林以然稍微有點不好意思，但之前都這麼喊，也算習慣了。

餐廳吃飯本來是兩大桌圍著吃，邱行去廚房找了他的飯盒，是有時他不在廚房幫他留飯用的。他幫林以然盛了點飯，又挑菜盛了點，端著回到餐桌邊，拉開椅子，跟林以然說：「坐這。」

林以然跟一桌穿著工作服滿身機油的工人坐在一起，這畫面看起來有些格格不入，可林以然融入得很自然。

郭師傅見她來了，特地又開火幫她做了個糖醋荷包蛋。

林以然笑著道謝，邱行幫她和自己夾了一個，剩下幾個讓小張他們幾個手快的分了。

「嫂子來了才做荷包蛋，平時都不做！」小張控訴說：「我都說想吃好久了！」

郭師傅不和他們一起吃飯，要看著幫他們添菜添飯，通常都是他們吃完了自己再吃。這時郭師傅正站在旁邊，聞言往小張後腦勺上敲了一把，說他：「人家女孩子才吃糖醋，你個大小夥子，吃什麼吃。」

「誰說大小夥子不吃糖醋了！我從小就愛吃！」小張喊道。

「就不做給你吃。」郭師傅逗他。

「嫂子妳在這多待幾天，我好蹭妳菜。」小張嘿嘿笑著，和她說。

林以然笑著點頭，吃著自己的飯。

邱行盛的飯多了點，林以然吃到後來明顯吃得很慢。

「吃不下了？」邱行問她。

林以然先是點了下頭，要說自己還能努努力。

不等她說話，邱行直接把她飯盒拿走，幾口吃完，拿了兩個橘子站起來說：「走。」

林以然跟其他人打了聲招呼，跟著邱行走了。

在這裡時，邱行修車林以然就在他旁邊坐著，邱行出去也會叫上她，哪怕只是出去取個東西，也會讓林以然跟著他的車。

這讓林以然想起當時和邱行在貨車上的時間，她也是這樣前前後後地跟著邱行。邱行時不時回頭看她一眼，讓她在自己視線之內。

這讓林以然的心變得更加柔軟，那段記憶在林以然心裡就像一團在日光下曬了很久的棉花，儘管有些舊了，可它鬆軟溫柔。

「給我扳手。」邱行躺在車底，朝林以然伸手。

「幾號的？」林以然撿起一把問，「這個？」

「不是它，十二號。」邱行說。

林以然低頭找了找，換了一把給他。

邱行上午接她時那身衣服已經換下去了，換了套髒髒的工作服。

林以然也不嫌他髒，邱行躺在車底修車，林以然就蹲在旁邊陪著，拄著手臂看他。

她眼前是這個髒兮兮的邱行，腦子裡是周可哥口中那個風光肆意的邱行。

她自己也是一個被命運捉弄的人，她早就接受了這一切，並且接受得相對平靜，以一個認命的姿態。

可偶爾她也疑惑，為什麼是他們？

邱行一夕之間失去他擁有的一切，為什麼？他當時只是一個正在發光的普通男生。

這些念頭直接導致林以然這一整天看著邱行的視線裡，除了專注以外還有些其他情緒。

邱行發現林以然又那樣在看著他，揚了下眉心。

林以然的眼神向來溫熱而柔軟，可今天除此之外，邱行總覺得她還有點……心疼的意思。

邱行和她對視一眼，轉頭接著幹活去了。

夜晚。

邱行房間。

工人回家的回家，睡覺的睡覺，院子裡安靜得只有風吹過樹葉的細碎聲響。邱行房間留了盞昏暗的床頭檯燈，折疊窗簾嚴嚴實實地遮著。

邱行洗過澡，身上卻不帶潮氣，反而乾燥溫熱。

他修了一下午車，滿身的機油味洗不掉，儘管手上戴了手套，還是透過去一點洗不乾淨的黑色油污。

林以然卻不討厭這味道，也不討厭邱行的手。

邱行低頭看著她，沉沉地盯著她的眼睛，問：「今天怎麼一直這麼看我？」

林以然並不說，她只是伸出手臂，環上邱行的脖子，溫柔地抱著他。

邱行能感覺到她輕輕的呼吸，以及她身上淡淡的香味。

林以然總是很乾淨，而邱行總是被她襯得更髒。

邱行微側側頭，吻了吻她的耳朵。

林以然閉著眼睛，耳後一片皮膚隨著邱行的動作起了一片小疙瘩。

他們繾綣而親密。

而在這種極致親密中，邱行雖談不上溫柔，可從來不曾傷害她。他們從沒在沒有保護措施的情況下做過什麼，這是邱行守得很死的一條線，一次也沒有試圖打破。

上次來這裡時，那個灰色的盒子還是林以然親自拆的，上面那層封膜她撕了半天，最後被邱行暴力強拆了。

所以林以然記得清楚，那一盒裡他們用了兩個，剩下一個。

因此當邱行從一個已經拆開的黑色盒子裡拿出一片，他們再次親吻時，林以然明顯變得有些心不在焉。

邱行察覺到她的變化，拇指抹了下她嘴唇，低聲問她：「想什麼？」

林以然沉默了幾秒，突然輕推開邱行，拉開床頭抽屜。

「幹什麼呢？」邱行表情裡帶些茫然，有點傻眼。

抽屜裡沒有上次的灰色盒子，只有幾盒黑色的，其中有一盒打開的。林以然咬著嘴唇，拿起那盒打開的，裡面還有一片。算上邱行剛拿出去的，也就是這盒已經用過一片了。

林以然攥著那盒子，翻身坐起來。

她穿著細肩帶背心，頭髮披開散亂地遮著肩膀，怔怔地瞪著邱行。

邱行澈底蒙了：「怎麼了？」

林以然一直咬著嘴唇，邱行皺了下眉，撥開她嘴唇，說：「有話就說，別瞪我。」

「你……」林以然清了清喉嚨，眼睛緩緩地紅了，「上次剩下的呢？」

「什麼？」邱行沒明白，「剩什麼了？」

林以然晃晃手裡盒子，閉了下眼睛說：「上次打開的不是這個。」

「套？」邱行滿臉寫著問號，費解地問，「什麼意思？」

「你別裝。」林以然眼睛裡沒有白天的溫軟了，難得地凶起來。

「我裝什麼了？」邱行眉心快擰成結了。

林以然把那盒子扔到邱行手邊，鼓著胸腔，和他說：「上次剩下的那片是灰色的。」

林以然盯著邱行，直接問：「你跟誰用了嗎？」

# 第十章　心思

邱行終於明白了林以然在問什麼，一時間表情管理失敗，不可思議地看著林以然。

他不答話，也不否認，就跟默認了一樣。

一大滴眼淚一下從林以然眼睛裡落下來，直接滑到下巴，沒墜住掉了下來。

邱行這才像是被那滴眼淚砸著了，深吸口氣，站了起來。

邱行站在床邊，低頭看著她，也說不清是什麼表情，問她：「我要是真的用了呢？」

林以然沒抬頭，只那麼抬著視線看她，漂亮的眼睛兜著眼淚，可憐極了，表情卻又是生氣的，嘴唇倔強地抿著。

「我用了妳怎麼辦？」邱行問。

林以然想她和邱行的關係，其實自己並沒有十足的立場，這也挺可笑的。林以然沒有回答，只是作勢起身要走。

邱行按了把她肩膀，讓她坐那：「我真服了。」

他回頭四處看了一圈，「我褲子呢？」

說完才想起來他剛才洗澡脫下來直接塞洗衣機了，邱行穿著短褲去洗手間，把自己白天穿的牛仔褲又拎了出來。

他當著林以然的面，從口袋裡掏出灰色一片，問她：「妳說這個嗎？」

林以然沒緩過來，眨了眨眼，又猶豫著問：「黑色的呢？」

邱行在褲子上攥了兩把摸摸，在另外一個口袋裡掏出來，面無表情：「這個？」

都對上了，林以然瞬間失了聲。

「查我呢？」邱行挑著半邊眉，看著林以然。他現在是生氣也氣不起，笑也笑不出來。

「你……」林以然結結巴巴地問，「你揣口、口袋裡幹什麼啊……」

「我知道妳想不想在這睡？」邱行把褲子隨手往地上一扔，「還有什麼問題？」

林以然徹底說不出話了，場面尷尬，很難收場。

邱行在床邊站著，過一下用手背不甚溫柔地抹了林以然臉上的眼淚，垂著眼問她：

「我在妳心裡什麼事都幹得出來？我這麼噁心？」

林以然下意識搖頭，可剛才的事又讓她開不了口否認，她羞愧得抬不起頭了，只能抬起手臂，輕輕環住邱行的腰。

邱行看著她後腦勺，沒什麼再說的，沒脾氣了。

那晚後來邱行凶極了，林以然一聲不敢吭，灰色那片還是她自己拆的。

邱行就冷眼看著她拆，一動不動，之後也沒有想要幫忙的意思。

林以然臉都快燒著了，但沒辦法，自己作的孽自己還。

這件事讓林以然之後的兩天面對邱行都有一點點心虛和默默的討好，邱行倒高冷得很，擺起架子來了。

可也不是一點好處都沒有。

雖然架子擺得高，可帶著脾氣的邱行比平時多了點人氣，兩個人這段時間不冷不熱的關係有了變化，因為這個小小的無語事件而有了突破。

「邱行？」林以然從外面拿了水回到房間，見邱行不在，叫了一聲。

沒人應聲，林以然又去洗手間，探頭看了一眼：「邱行？」

邱行正在修蓮蓬頭，之前蓮蓬頭接頭有點漏水，邱行擰了下來正在纏止洩帶。邱行沒回頭，只問：「又要查我什麼？」

林以然無聲地縮了下肩膀，小聲回：「不查了。」

「那找我幹什麼？」邱行淡淡地說。

「就問問……」林以然拿著水走進去，擰開遞到邱行旁邊，「渴不渴？喝點水吧？」

「不喝。」邱行說。

「哦……」林以然自己喝了一小口，蓋上了，「需要我幫忙嗎？」

「不需要。」邱行回答。

林以然沒什麼要問的了，邱行自己在那幹活，林以然在身後站著。

林以然不是個特別會說的女生，她也話少，兩個話少的人湊一起不熱鬧，平時還好，到了現在林以然就有點棘手。

不會哄，反正邱行也不聽人哄。

邱行活快幹完了，把蓮蓬頭重新裝上就好了。

感覺到有人碰他衣服，邱行回頭看了一眼，見林以然在倚著洗手檯，玩他衣服邊。

邱行沒管，回頭接著擰蓮蓬頭。

林以然不聲不響地勾他衣服，繞在手指上纏來繞去，邱行擰完蓮蓬頭低頭撿起鉗子和膠帶，要走。

林以然不出聲，也不鬆手，只扯著邱行的衣服邊。

邱行把工具換到另隻手上，空下的這隻反手抓住林以然的手，牽著她帶了出來。

林以然乖順地跟著出來，邱行走出房間之前掃了她一眼，見她還是低眉順眼地站那，過來意思意思地在她嘴上親了一口。林以然便笑了下，兩隻手環上邱行的手臂，挎著出去了。

他們寸步不離，在別人眼裡看來實屬如膠似漆一對小情侶。

事實上他們跟情侶沒太大差別，情侶該做的事都做了，要說甜有時的確挺甜，可只有他們知道，他們這狀似情侶的關係是有期限的，時間到了就無效了。

林以然不去打破現狀，她這次來並不是為了跟邱行再提這事。她來不帶任何目的，原因就只是像她和邱行說的那樣。

老林在端午假期也出了趟門，順路過來邱行這看看。

他沒提前打電話，邱行不知道他要來，老林車開進來時邱行和林以然正要出去。

邱行看見他的車，朝他揚了下手臂。

「上哪去啊？」老林從車窗探頭問。

「出去吃飯，你吃沒？」邱行說。

老林朝他們招手：「我也沒吃呢，一起去吧，過來上車。」

林以然坐上後座，老林和她打招呼，問她什麼時候過來的。

林以然笑著回答：「前天，放假了過來的。林嫂好嗎？」

「她就那樣，挺好的。」老林轉頭跟邱行說：「你媽最近也挺好，我你嫂子昨天包了粽子送過去給她，說她狀態很好。」

「嗯，最近還行。」邱行說。

林以然從那個夏天跟著邱行開始認識老林，現在這麼久了，已經很熟了。在一起吃飯也不拘謹，林以然自己吃著飯，聽著他們聊天。

聊的都是兩個廠的事，還有邱行自己的車，以及他雇的那幾輛車。

老林笑著說邱行：「你終於翻身了，這幾年壓得太累。」

邱行對這事反而沒有太深感觸，過去了就過去了。

林以然沒想到說著話，話題能到她身上來。

「對了。」林哥突然叫她一聲，林以然抬頭看過去。

「妳爸回來了。」林哥說。

林以然嗆了下，咳了幾聲。她看著林哥，又帶著點怔地轉頭看邱行。

邱行問：「你看見了？」

「沒看見，我聽說的。」老林說：「我想著等我看見了再告訴你們，後來一直沒看見，就忘了。」

「回就回吧，」林以然咳完恢復平靜，說：「他能把錢還了就行。」

當初林以然上學之後，還是邱行讓林哥找了個共同認識的人，中間人托著兩頭，坐下來談了一次。不管是林以然她爸欠的錢，還是兩次打架邱行打的人，這都值得談談。

林哥在當地還算得上有人脈，說話也有幾分面子，後來那夥人答應不再找林以然麻煩，只找她爸。

這中間肯定花了點錢，花了多少邱行沒說，只說沒多少。

因此林以然大學不必讀得戰戰兢兢，能夠放下心來好好上學，不用擔心被人找到學校來催債。

後來她爸有沒有把錢還了林以然不清楚，也不關心。只是上學上得如此風平浪靜，她猜測應該還了。

現在聽到她爸回來的消息，林以然除了最初那刻心裡還算有點波動，之後便是心如止水。

「回來了還不是找妳？」老林跟林以然說：「不知道是回來好好過日子了，還是在外地又欠了錢回來躲債的，反正找到妳妳也別心軟，看看他什麼意思。」

林以然點點頭，說：「好的，我知道。」

邱行碰了碰林以然拿筷子的手，說她：「吃妳的。」

林以然「嗯」了聲，繼續吃東西。

這事在林以然的生活裡實在算不上大事，她甚至平時都想不起來她還有個爸。然而她不上心，邱行比她上心，具體表現在只有他們的時候不端著這兩天的架子了，變得好說話，溫和了很多。

林以然思考，邱行可能是怕她心裡揣著事，也可能是覺得她可憐，媽媽去世了只有個爸，還把她往絕路上逼。

在林以然走之前的晚上，邱行洗完澡出來，林以然已經躺好了。她往旁邊挪了挪，讓出邱行的位置。

邱行關了燈，躺下之前先用手摸了摸枕頭，把上面林以然的頭髮撥開。她頭髮長，之前被邱行壓到好幾次。

「這次回去就別來了，少折騰。」邱行停頓了下又說：「我有空過去。」

這幾天兩人關係親近了不少，林以然小聲說：「你又不來。」

「我不去是我忙。」邱行閉著眼睛，說完又跟了句，「不是我在搞亂七八糟的事。」

一說這事林以然就沒話說了，在被子裡悄悄地牽上邱行的手。

「知道了。」她輕聲說。

「要不然妳現在數數，別下次說對不上，我解釋不清。」邱行說。

「數什……」林以然話沒說完，反應過來，趕緊說：「不用不用，不問了。」

邱行在黑暗中捏著她細長手指，搓來搓去地捏了一陣子。這時溫度剛好，不冷也不熱，這樣牽著手很舒服，邱行捏著玩的動作又讓人覺得溫柔。

林以然昏昏欲睡時，感到邱行抓著她的手放在嘴邊碰了碰，又牽著放了回去。

「別操沒用的心，答應陪妳三年，我肯定陪完。」她聽見邱行說。

林以然從邱行那回來，就要開始準備期末的幾篇論文了。上課、寫稿、翻譯、寫論文，時間排得很滿，在學校裡幾點一線地過生活。

邱行依然很少找她，只要兩個人一分開，邱行又是那副半冷不熱的樣子，林以然也不失落。她本來就是個情緒穩定的人，加上已經習慣了，邱行一直這樣。

不過跟之前不同的是，就算邱行不找她，現在林以然也幾乎每天都會傳訊息給他，哪怕沒有什麼事情。她不再像之前那麼被動，儘管邱行並不是每次都回她。

「以然，我們走吧？」李仟朵從旁邊探頭過來，小聲地跟林以然說：「我餓啦……」兩個人已經在自習室一下午了，午睡過後就來了，這時已經到了晚飯時間。

林以然也壓低了聲音回她：「我收個尾我們就走。」

「好好，」李仟朵連連點頭，「等妳！」

兩人收了電腦離開，李仟朵抱著林以然的手臂，走路時腦袋一晃一晃的，圓圓的丸子頭也跟著晃。

「我一到自習室就頭暈，喘不過氣。」她誇張地深吸口氣，又無奈地說：「可我在宿舍又總是睏。」

林以然笑了下說：「妳還是別在宿舍了，白天睡多了晚上又睡不著。」

「就是，我不想熬夜了，妳們都睡著了只有我自己醒著，我覺得好孤獨。」她惆悵地說。

林以然想起李仟朵大一時因為失眠半夜坐在床上哭的事，摸摸她的手。

那時林以然半夜聽見她哭，輕聲問她怎麼啦，李仟朵掀開床簾，可憐兮兮地說自己睡不著覺，想家。林以然就讓她到自己床上來，陪她坐了很久。李仟朵聞著床鋪上香香的味道，開著床頭小燈的床鋪溫暖又溫馨，覺得自己沒那麼可憐了。

李仟朵也想起這事了，笑咪咪地把頭往林以然身上貼了貼，說：「以然妳好好呀。」

林以然身上有種和同齡女生不太一樣的氣質，沉靜、溫和，似乎比其他人更成熟一些，讓人不自覺想要貼近她。

兩人在一家開在學校裡的茶餐廳吃飯，正是晚餐時間，來吃飯的學生很多，她們進去時還有最後一個四人桌。

「我要點奶黃包，想吃。再點什麼呢……」李仟朵掃了碼看菜單，自己嘟嘟囔囔地說話。

林以然點了份滑蛋飯，又點了兩杯喝的。

「嗨，兩位。」

有人站在桌邊和她們說話，她們抬頭看去，見是院裡新聞系的兩個男生。都是同個學院的，通識課一起上，也經常一起活動，彼此認識。

林以然擺了擺手，李仟朵回道：「嗨。」

其中一個燙了頭髮的男生有點自來熟，坐到林以然旁邊，笑著問：「不介意拼個桌吧？」

店裡坐滿了，拼個桌正常。但是這家店座位是連排沙發，就算拼也應該是李仟朵和林以然坐一邊，這男生直接坐林以然旁邊了，把她堵在裡面，這怎麼說都有點沒分寸。

不等林以然說話，李仟朵打了個噴嚏，抽了張衛生紙擤鼻涕，一邊擦著鼻子一邊說：「不介意是不介意，但是我感冒了，我怕傳染給你們。」

說完話又轉頭朝旁邊咳了好幾聲。

坐在林以然旁邊的男生說：「沒關係，不介意。」

「我還介意呢，你們坐這我都不敢咳嗽了，不咳嗽我嗓子難受。」李仟朵揉著鼻子說。

旁邊站著的男生說：「那邊有人走了，坐那邊吧。」

「那正好。」對面的男生站起來跟著走了，走前還對她們笑笑。

「真討厭。」等人走了之後，李仟朵小聲說。

林以然示意她小點聲。

「他都坐到妳裙子了！氣死我了！」李仟朵瞪著眼睛，嫌棄得不行。

「沒有，」林以然笑了下，悄悄說：「我看他要坐，把裙子拉過來了。」

「屁股那麼重呢，說坐就坐。」李仟朵眉頭揪成一小團，「我看就是故意的，他誰啊往女神旁邊坐，他配嗎！」

林以然被她逗得不行，晃晃她的手，李仟朵惡狠狠地說：「氣死仙女了！」

正好檸檬紅茶送了過來，林以然往她手邊推推，笑著說：「仙女別氣了，喝點飲料消消氣。」

李仟朵咬著吸管喝了一大口，果然不生氣了，因為飲料又變得快樂起來。

林以然今天穿的裙子不是緊身裙，裙擺寬鬆，外面一層很薄，裡面有同色系的內襯。

那男生坐下來時雖然沒有坐到裙子上，但因為林以然的一扯，裙子被沙發邊一顆露出來的小釘子刮破了。

這還是回宿舍換衣服才發現的，李仟朵頓時又火冒三丈。

林以然也覺得有點可惜，裙子沒穿幾次呢，就不能穿了。

她平時穿裙子多，多數都是長裙。

邱行喜歡看她穿裙子，雖然他沒有說過，但是林以然知道。

大一時邱行第一次來學校找她，林以然穿著長裙出來，邱行微挑起眉看了她幾秒，他那眼神林以然一直記得。

林以然在邱行車上時穿的都是T恤和長褲，後來和他待久了變得更粗糙，頭髮多數時候都隨便綁起來。

她穿著長長的白裙子從學校裡出來，頭髮被風吹起來一點點，白淨的一張臉上帶著雀躍和歡喜地出來見他，邱行那一瞬間的確被擊中了。

晚上林以然收拾完上了床，躺好傳訊息給邱行。

林以然：『邱行？』

邱行應該也躺下了，回得很快：『說。』

林以然傳了兩張圖片過去。

又問：『哪個好看呀？』

她傳的是兩張裙子的圖片。

林以然：『今天裙子破了，我要再買一件補上。』

像這種話題她以前是不會傳給邱行的，他們也不聊這些。邱行經常對她說的是「有事找我」，林以然就默認沒事不找。

這次從邱行那裡回來，林以然時不時會把這種沒營養的小話題抛一點過去。

邱行：『多一件櫃裡掛不下？』

他陰陽怪氣，林以然笑起來，說：『只想買一件。』

邱行半天沒回覆，過一下林以然收到簡訊，銀行有轉帳提醒。

林以然立刻轉回去了，說：『不要錢。』

邱行言簡意賅：『買兩件。』

他不是個適合聊天的人，哪怕林以然主動找話題了，邱行也聊不下去。林以然不介意，自己買了一件，回來跟邱行說了聲「晚安」。

林以然有時看到適合邱行的也會買給他，直接寄到廠裡。邱行肩寬，又高，是衣架子，穿什麼都好看。以前在貨車上穿的都是以前的舊衣服，也不妨礙他看起來很帥。

林以然用剛收到的一筆稿費，幫邱行買了件短袖。

邱行國中高中時穿衣服可挑了，是個臭屁的中二少年。到家裡出事之後則澈底變了，有什麼穿什麼。

林以然買的這件是兩個品牌的聯名款，黑色底，背後有一個紫色圖案，比邱行平時穿的張揚一點。

邱行也不挑，林以然買了他就穿。

平時在廠裡穿工作服，髒了好洗，洗幾次洗不乾淨了就換一套。邱行出門時穿的幾件都是林以然買的，碰到哪件穿哪件。

這天邱行正開車出去，收到一則訊息。

他抽空看了一眼，是周可哥傳了張照片給他。

照片裡女生站在學校門口的廣場上，T恤外面穿了件防曬服，手擋在額前遮陽。她旁邊站了個男生，比她稍高一點，兩人正在說話。

周可哥：『出來碰見以然了，讓我抓住對小情侶！』

照片裡男生穿著件黑色T恤，背後一片紫色圖案，很有設計感。而林以然雖然穿著防曬服，卻能看到裡面黑色T恤胸前小小的紫色Logo。

路人看去儼然一對穿著情侶裝的校園戀人。

紅燈還有幾秒，邱行關掉照片，敲了幾下鍵盤回了過去，之後關上螢幕把手機扔在一旁。

邱行：『衣服挺好。』

周可哥撲哧一聲笑出來，說：『兄弟你這關注點！』

周可哥：『你到底什麼時候！請我！吃飯！』

邱行把車開到目的回她：『下次妳回家告訴我。』

周可哥：『你別唬我，以然都快畢業了！你欠我的飯我還沒吃到呢！』

確實有點說不過去，邱行又保證了一次，周可哥才算滿意了。

說完吃飯的事，周可哥又回頭八卦了一句：『不過這個小男生我覺得不好，看起來跟以然不太配。』

邱行看了訊息一眼，沒回。

他出來取東西的，跟人說話沒空回，而且這個話題對邱行來說實在無聊，懶得說。

他根本沒當回事，不相信。

林以然晚上洗完澡，坐在電腦前工作，寢室空調開得有點涼，林以然披了件外套。

工作之前，林以然坐在椅子上，先傳訊息給邱行：『邱行？』

她每次說話之前都會先叫一聲，就像她跟邱行在一起時一樣，要等邱行「嗯」一聲再接著說。

邱行如果回訊息了說明他看見了，不回就是在忙，林以然就先不傳了。

邱行忙了一下午，晚上又出去跟人吃飯，這時才回來，也是剛洗了澡。邱行看見之後回覆：『說。』

林以然屈膝踩著椅子坐，想起白天的事心裡還覺得尷尬，快速打字跟邱行說：『今天好尷尬。』

林以然：『我們今天有個實踐活動，分組出去做採訪，我和班裡男生一組。』

邱行就當沒看過照片，回了個：『嗯。』

林以然接著刷刷地傳過來：

『結果我和他穿了一樣的衣服，一模一樣的。』

『別人一直調侃，後來我用傘把欣冉的防曬服換來了，才好了點。』

『又熱又曬的一下午。』

她沒說穿的是和邱行一樣的那件，也沒說過那衣服她自己也有，邱行都當不知道。

邱行回：『今天沒穿裙子？』

林以然：『沒，我怕在外面不方便。』

邱行有一句沒一句地跟她傳訊息，林以然今天分享欲上來了，想跟邱行說話。邱行心想，還是那麼老實，有點什麼事用不著別人問，自己都說完了。

邱行說：『一樣就一樣了，妳管那麼多。』

林以然回復：『別人說是情侶裝。』

邱行：『說就說。』

林以然馬上說：『那不行。』

不等邱行再說什麼，她又輕輕敲了幾下手機，傳訊息：『我有呀。』

她有什麼？

總不會是情侶裝。

這則訊息邱行沒回覆，林以然也沒再傳。

隨著約定的時間越來越近，林以然儘管不再直接提，可她時不時會這樣試試探探地說一點越界的話，去觸邱行的底。

她就像個怕家長把自己丟在學校的孩子，害怕離別，沒有安全感。比起其他人，她擁有的實在太少太少了。

她的捨不得和小心翼翼很明顯，在邱行眼裡她就是個怕被丟下的小女孩，如果真的被丟下了會流眼淚。

邱行確實還想再陪她一段，不願意看她哭。

毛俊的相親到底還是砸了，沒能交往。

原因是女孩爸爸嫌棄毛俊沒有正經工作，覺得修車終究不體面，別人以後問起女婿是做什麼的，說不出口。

女孩媽媽倒是沒說什麼，只說兩個人感情好就行了。但女孩可能自己心裡也始終有顧慮，爸爸一勸就決定了，剛相處感情還淺，想放開不難。

毛俊整個人沮喪了下來，垂著肩膀，沒黑天沒白天地幹活。

「瞧不上修車的倒是早說啊，這不是浪費我感情嗎？」毛俊從車底下鑽出來，身上臉上蹭得黢黑，頭髮也亂糟糟的，去另一邊取個零件。

邱行把東西遞給他，沒什麼能安慰的。

「再說我修車怎麼了，我修車賺得也不少，我們廠裡也不是沒有大學生，大學生不也在修車廠啊？他們修得還沒我好呢，我是不是賺得比大學生多？」

毛俊眼角嘴角都垂著，傷心了。

「那還是好好賺錢吧。」邱行說。

「賺再多有啥用啊？沒文化，沒有好工作。」毛俊自嘲地說。

還是傷到自尊了，但是自己也沒辦法，這底子哪怕再努力工作多多賺錢也補不上來的。

邱行也勸不來，只說：「多賺點錢至少以後別人還圖你能賺，要不然圖你什麼。」

「你刺傷我了！」毛俊「嗷」的喊一聲，「我再也沒長處啦？」

邱行笑了聲，旁邊小張接話說：「邱哥就是站著說話不腰疼！他自己有個那麼漂亮的女朋友，還明星大學！他不愁找女朋友的事，他就在這說風涼話！」

「什麼人啊！把他攆出去！」毛俊憤怒地說：「攆出去攆出去！」

邱行手臂一拄坐在一摞輪胎上，笑了下說：「誰讓我有了。」

毛俊撿了還剩半瓶的礦泉水扔過去打他，邱行一歪頭躲了，正好這時有電話過來，邱行接起來，笑意還沒收回，說：「怎麼了？」

邱行這個語氣接電話，讓對面的林以然一怔，問他：『笑什麼呢？』

「毛毛失戀了。」邱行說。

林以然哭笑不得：『毛毛失戀了你笑什麼？』

毛俊在旁邊聽見了，大聲說：「他炫耀他有女朋友！有女朋友！妳男友一點同情心都沒有，別跟他好了，這人不善良！」

邱行又笑了聲，林以然被他的笑意感染，也笑起來。

「什麼事？」邱行問電話那邊的林以然。

林以然才想起來，說：『驗證碼告訴我一下，傳訊息給你你沒回，之前用你手機註冊的帳號。』

邱行拿起手機看了一眼，念了遍。

『六八九七四五……驗證失敗，』林以然又試了下，還是不對，『邱行？』

邱行又看了一遍，更正說：「六八九四七五。」

「妳看妳男友笨，別跟他好了！」毛俊又說，他和林以然熟，不怕開玩笑。

『我不，你怎麼不勸點好的。』林以然這次驗證成功了，一邊找著網站上的資訊，一邊笑著和毛俊說話，注意力不集中，『我男……』

說到這的時候才反應過來，話音一頓。

邱行今天心情不錯，眼裡還帶著笑意。

林以然話說一半停在這也不是辦法，垂下眼睛，接著說了下去：『我男友可聰明了。』

邱行沒出聲，毛俊在那頭「哎喲」了聲，說：「煩死了！」

毛俊氣得大步流星地出去了，邱行問林以然：「吃過飯了？」

林以然回答說：『沒，不餓。』

邱行說：「去吃。」

林以然情緒還停在剛才那聲「男友」上，老老實實地『哦』了聲，說：『好。』

「去吧。」邱行又說。

『好，』林以然聲音溫軟，『那我掛啦？』

邱行「嗯」了聲，林以然按了掛斷，又單手托著下巴在桌邊安靜地坐了一陣子，然後拿著飯卡和雨傘去吃飯了。

林以然期末將近，每到這時都是她最忙的時候，除了幾門選修課要交的論文以外，還有主修課的考試。

她獎學金一直拿的多，都是憑成績拿的，哪怕是隨便交的作業論文也不願意放水。加上每個月底要交的翻譯稿，還有她自己要寫的稿，這段時間林以然忙得轉不開身，好在陸續有課程結課，能把上課時間讓出來一些。

忙起來也顧不上找邱行，有時一天都不怎麼碰手機。

吃得少睡得少，精神狀態自然比平時差一點。

夜裡寢室沒開空調，只開著吊扇。林以然覺得冷，想了想日期，知道自己是躲不過去了。

她經期前兩天格外難熬，但是日期向來準。

第二天一早，鬧鐘響了半天林以然都沒能起得來，平時這個時間她應該已經收拾完出門了。

另外兩個室友背著包走了，李仟朵在下面叫她，林以然答應了聲。

「妳怎麼啦？」李仟朵踮起腳尖往上看，「怎麼聲音這樣？」

林以然吸了吸鼻子，鼻塞得透不過氣，頭也昏沉沉地疼。她弓著身子側躺著，蹙著眉，聲音啞啞的：「我好像感冒了。」

「昨晚回來我們都覺得熱死了，妳說冷，我就感覺不對！」李仟朵踩著兩級梯子，撩開床簾看她，「發燒了嗎？」

「應該沒有。」林以然說：「感覺不到發燒。」

李仟朵甩了拖鞋爬到林以然床上，伸手摸摸她額頭，又摸摸她手：「好像沒有。」

林以然頭疼鼻塞，臉色蒼白，同時腰腹一段持續墜痛，李仟朵皺著張小臉擔心得不行，林以然還安慰她。

「妳睡吧，睡吧。」李仟朵拍拍她，「我找點藥，再幫妳買杯粥。」

林以然下午有門考試，她怎麼也要起床，去考場時她手上還拿了個熱水袋。這天氣別人開著冷氣都嫌熱，只有林以然白著臉往身上放熱水袋。

邱行電話打過來時，林以然剛考完下課開機，她意外地接起來。

「邱行？」林以然鼻子堵得聲音悶悶的。

邱行一聽她說話，先問：『妳怎麼了？』

「不舒服，」林以然隨著大家一起往外走，李仟朵在門口等她，林以然小聲說：「可慘了。」

『怎麼了？』

「頭疼。」林以然說。

『晚上還有沒有事？』邱行問。

「沒有了，想回去躺著。」林以然現在這個狀態也幹不了什麼事了，坐不住。

邱行『嗯』了聲說：『那妳出來吧，西門。我看看妳怎麼回事。』

# 第十一章　方閔

林以然到了西門都還頭暈暈的，路上有人和她打招呼，她只能禮貌地笑著擺擺手，實際上分不清誰是誰。

她剛才和李仟朵說自己出去一趟，李仟朵很擔心地問她：「妳都這樣了還去哪呀？我陪妳嗎？」

林以然搖搖頭，笑笑說：「家裡有人來看我。」

「哦哦，那好。」李仟朵囑咐她說：「妳如果實在難受了記得去打針哦，不要撐著。」

「知道啦。」林以然摸摸她的臉，李仟朵晃晃頭和她貼貼，說：「那我走了？」

林以然點點頭，李仟朵就一步三回頭地走了。

邱行站在馬路對面，朝林以然揚了下手臂。

林以然看見他，朝他走過來。

遠遠地邱行就能看見林以然蒼白的臉色，薄薄的襯衫被風一吹，袖子鼓起來，顯得她更瘦。

馬路上車多，林以然站在中間分隔島上一直過不來，抱著包咳了兩聲。她有點著急，蹺了蹺腳尖跟邱行擺擺手。

邱行抬了抬下巴，示意她看車。

等到林以然走過來，邱行接過她的包，感到有點重，看了一眼。

「有個熱水袋。」林以然甕聲甕氣地說。

邱行問她：「餓不餓？」

林以然輕輕搖頭：「不餓，沒胃口。」

「難受？」邱行看著她問。

林以然倒不逞強，吸了吸鼻子，可憐兮兮地看著邱行說：「難受。」

邱行叫了車，林以然跟著一起坐在後座。

說了地址之後，邱行摸了摸林以然的額頭。林以然輕聲說：「不燒。」

她聲音聽起來又啞又沒力氣，邱行問：「怎麼弄的？」

「不知道。」林以然想了想說：「可能是空調吹的。」

「開著空調睡覺？」邱行問。

林以然搖搖頭：「睡前就關了。」

林以然體質挺好的，不常感冒，之前跟在邱行車上沒日沒夜的，吃飯睡覺都沒正經時間，還經常風吹雨淋，一次都沒感冒過。邱行還說她皮，看起來瘦，身體還不錯。

今天整個人都蔫了，完全沒精神，臉上不帶一點妝，只因為沒氣色而塗了點唇膏。邱行沒怎麼見過她這樣的時候，在車上時不時就轉頭看看她。

林以然聲音啞啞的小小的，問他：「你怎麼來了呀？」

邱行說：「路過。」

邱行確實是路過，他出來跟鄰省一家公司談合作，約明天，訂票時邱行一猶豫，訂了今天來林以然這的。從這邊過去兩個小時，邱行明天上午再走。

林以然還是很高興的，伸手挎上邱行的手臂，安靜地把臉枕在邱行肩膀上。邱行塌了塌後背，整個人往下滑了一小截。

這個時間有些塞車，計程車擠在緩慢移動的車流裡，時停時走。林以然閉著眼睛，邱行肩膀的高度讓她能枕得很舒服，林以然身體雖然難受，可此刻心裡卻十分平靜。

「去打個針？」邱行微側了側頭，說話時下巴碰到林以然頭頂。

「不想去。」林以然輕聲說。

她並不討厭醫院，可也沒有特別喜歡。人在脆弱的時候會想家，想媽媽。林以然在醫院失去了媽媽，從此沒有了家。

「我吃過藥了。」她握著邱行的手腕說。

「嗯。」邱行說：「那不去。」

飯店的床乾淨暄軟，邱行只開了扇窗戶，沒有開空調。

林以然和衣躺在被子裡，黑亮的頭髮覆在白色枕頭上，髮梢在枕頭邊架空短短一截，邱行站在床邊，問她：「想吃什麼？我買回來。」

林以然說了句什麼，邱行彎下身子，耳朵貼近她嘴唇位置：「說什麼？」

「先不想吃。」林以然說。

「那妳睡一下。」邱行說。

林以然悄悄地往後挪了挪，身前挪了空出來。

邱行說：「我身上髒。」

林以然不說話，睜著眼睛看邱行。邱行和她對視幾秒，站直了抬手脫了短袖，坐了下來。

林以然不是個脆弱的人，她身上有種堅韌，不輕易說疼說累，以往難受了也不愛說。如今倒不介意把自己難受的一面擺給邱行看，明顯地示弱。

邱行把手放她頭上，輕輕地摩挲她頭髮。邱行掌心熱熱的，手指慢慢地摩挲頭皮，這樣非常舒服。林以然呼吸平穩，靜靜地睡著。

邱行等她睡了一下才出去，打包點清淡的晚餐，在那之前路過商場還進去幫林以然買了些東西。

等林以然醒了，一睜眼看見邱行還坐在她旁邊，在低頭看手機。

「邱行。」林以然輕聲叫他。

邱行視線從手機挪到她臉上：「醒了？」

窗簾都拉著，林以然還以為現在已經是半夜了。邱行說：「快八點了，起來吃點東西。」

「好。」林以然又躺了一下，才從床上坐起來，說：「我需要出去買……」

邱行沒抬頭，說：「幫妳買完了。」

林以然下了床，看到桌上放的一袋東西，她意外地回頭看邱行。

「你怎麼知道？」林以然微怔，問他。

邱行抬了抬眉，並不回答。

邱行總是一副什麼事都不在意的樣子，冷冷清清。包括現在，他像是連開口回答都懶。

林以然撥開袋口，看著那袋東西。

安睡褲、牙刷、襪子，甚至還有一支她平時用的洗面乳，以及可能是買洗面乳贈送的幾個乳液樣品。

邱行依然擺著那張漫不經心的臉，可卻能帶著那張臭臉出去買安睡褲。他既能記得住林以然經期的大概時間，也能在知道包裡有熱水袋的時候第一時間想起來。

林以然的命運從她高二那年開始變得不幸，充滿了荒誕的戲劇性。可卻總有些時刻，她因為邱行而感覺到自己是幸運的。

命運調侃般地拿走了她的一切，然後補償般讓她遇見邱行。有時林以然想，如果真的是這樣，那麼僅除了媽媽的生命，此外的所有拿來交換一個邱行，那也未嘗不可。

林以然洗了澡，渾身清清爽爽，好像也沒那麼難受了。

她吃了點東西，吃得不多，實在沒有胃口。邱行把她剩的吃完，也去洗了個澡。

林以然坐在床邊用手機打了一下字，邱行出來說她：「妳頭不疼了？」

「好些了。」林以然仰著頭對他笑笑，朝邱行招了招手，讓他過來。

「怎麼了？」邱行走過來，站在她旁邊。

林以然讓他低下來，高高地仰著臉，脖子修長美麗，耳下那顆小痣很有存在感地露出來。

邱行略有些意外，還是在她嘴巴上親了一口。

林以然彎著眼睛說：「你聞，我香香的。」

邱行自己理解錯了，也笑了笑，鼻尖在她側臉及下頜骨處若有似無地碰了碰，說：「嗯，妳挺香。」

「我只用過這個牌子的洗面乳，別的沒用過，我嫌貴。」林以然還沒說完，邱行聽到這豎了下眉。

林以然問他：「你買洗面乳他們給你的嗎？」

「我要的。」邱行說。

「怎麼要的？」林以然笑著問。

邱行：「我就說給我點抹臉的。」

林以然能夠想像到邱行那副理所當然的語氣，又彎了彎眼睛。

邱行坐到旁邊，拿起手機鼓搗一陣子。

林以然便收到簡訊，又是銀行通知。

「不要錢。」林以然看了一眼，說。

「買抹臉的。」邱行面無表情地說。

「我不用這麼貴的，我皮膚挺好的。」林以然聲音還有點啞啞的，這麼帶著笑意地說話聽起來比平時更活潑，或許是因為她本來就挺開心。

「香，買吧。」邱行說。

當晚林以然很早就躺下了，她還是不舒服，身體很難受，可心裡又有種蓬鬆的、暖洋洋的感覺。

邱行從身後摟著她，隔著衣服把手放在她小腹位置。

「用熱水袋嗎？」邱行在身後問她。

林以然說：「不用。」

邱行就不再說話了，只隔一下把手換換位置，林以然肚子被他焐得熱乎乎的。

她身後是邱行的胸膛，邱行嚴絲合縫地抱著她。

林以然喜歡被他包裹著的感覺，她會覺得自己像個小孩子，被擁有，被疼愛。

她依稀能聽到邱行的心跳，也能感受到邱行的呼吸。

林以然閉上眼睛，輕聲叫他：「邱行。」

邱行：「嗯？」

林以然背對著他，呼吸連著聲音都是慢慢的，輕輕的：「我們……談戀愛吧，好嗎？」

邱行回答得倒果斷：「不談。」

林以然呼吸一顫：「為什麼？」

邱行說：「過村沒店了。」

林以然沉默了一下，之後抓著邱行的手，挪了個位置。

邱行問她：「這裡疼？」

「嗯。」林以然又問，「談戀愛吧？」

「說了不談。」邱行沒把手拿開，只說：「當初妳說三年結束，妳自己算著時間。」

「我那時候小呢……」林以然急急地說：「我以為你不……」

「妳睡不睡了？」邱行打斷她，用鼻子頂頂她後腦勺，「睡妳的覺。」

邱行一直在說拒絕的話，可林以然隱約覺得他的話音輕鬆，不太正經。

或許更多是心理作用，林以然這一夜一直被邱行抱在懷裡，把她圈在小小的空間裡，林以然睡得很踏實，夢裡夢外都是邱行。

時而是他們還在貨車上，邱行單腳踩著腳踏板，從車上拿東西下去。時而是現在的邱行，冬天穿著羽絨背心，頭上戴著衣服上的帽子，手揣著口袋和林以然一起回他媽媽那裡。

邱行夜裡睡沉了也沒放開她，手虛虛實實地放在她肚子上。

早上林以然先醒，邱行還在睡。他身上被林依然的頭髮鋪著，他也不嫌癢，依然睡得很熟。

林以然轉過來，面對著邱行。她把頭髮攏成一束放在身後去。邱行感覺到她翻身，下意識地收了收手臂。

林以然注視著他沉睡的臉。邱行的確長相很俊朗，五官帥氣漂亮，鼻梁高挺，有一點點鼻峰，嘴唇不薄不厚，下唇的唇線稍微有點明顯，這樣睡著的時候表情完全放鬆，下唇是一個彎得似乎肉嘟嘟的弧度。

有時林以然會覺得邱行這樣睡著的時候就像個小朋友，單純而天真。

她伸出手，沿著邱行的下嘴唇，畫他嘴唇的形狀。

邱行睜開眼睛，眼神平靜地看了看她，隨後抬起手，抓著林以然的手又揣回被子裡，閉上眼睛接著睡了。

其實邱行變得不少，雖然不太明顯，但林以然能夠體會得到。比如睡覺被吵醒了也不會皺眉了，從前起床氣很大，睡不好就拉著臉。現在沒以前那麼缺覺，哪怕睡得正好被吵醒了也很平靜。

再比如邱行並不像之前那麼麻木了。

從前臉上沒有表情，眼睛裡沒有光，把自己遮蔽在周圍的環境之外。現在儘管仍算不上開朗，比不了他小時候，可笑起來的次數變多了，眼神裡不再總是空洞的。

林以然靜靜地看著邱行，在心裡想，你要多多地笑起來。

邱行睡醒之前，先把頭低下去，在林以然脖子鎖骨的位置頂了一下。林以然摸摸他的頭，彎了彎眼睛。

邱行上午要走，他約了今天去談事情。林以然也要回學校接著複習，昨晚算是忙裡偷閒地讓自己放了個假，今天醒了沒昨天那麼難受了，她沒有條件繼續休息。

邱行走前兩人先去吃飯，林以然點了碗南瓜粥，在那慢慢地喝。

「哪天放假？」邱行問。

林以然搖搖頭說：「不確定，有一科考試時間還沒通知。」

「放假什麼安排？」邱行敲敲雞蛋，在桌上滾了滾，剝殼。

林以然想要說還沒安排，話到嘴邊換了一句：「要去找你。」

「找我幹什麼？」邱行把剝好的雞蛋放林以然碗裡，「沒空。」

「你待你的，我待我的，不用你有空。」林以然笑咪咪地說。

「妳賴上我了？」邱行說。

林以然不餓，也不好好吃飯，一隻手在碗裡攪著粥，另一隻手托著腮，朝邱行笑笑，說：「談戀愛。」

邱行撩起眼皮看她一眼，沒理她。

林以然也不管他理不理，她有一點點看透了邱行的外強中乾。

邱行走了以後還是平時那副不鹹不淡的樣，除了第二天傳訊息問的一次：『不難受了？』

林以然說已經好了，之後邱行再也沒關心過什麼，搞出一副事不關己的態度。如果沒有趁別人睡著出去買洗面乳和安睡褲的事，說不定別人還真信。

林以然最後一門考試的時間有點晚，好多學生提前買了回家的票，卻因為這門考試而一再改簽。

林以然沒急著買票，她沒打算一放假就去找邱行，想要等事都過去，在學校靜一靜心。

寫作註定是一件孤獨的事，人在獨處時和在人群中，寫出來的文字是不一樣的。在人群中產生的文字有人氣，有煙火氣。但林以然的文字原本應該是寒凜而孤寂的。

她在邱行身邊時文字會變得溫柔下來，廣博地包容一切，恨也不恨了。

接到保姆電話時，林以然晚上吃過飯，正在操場跑步。學校裡很多人已經走了，操場上人沒那麼多，平時踢球的人組不成兩支球隊，只在原地踢著花球。小情侶慢悠悠地散步，還有幾個女生在遛小狗。

林以然在耳機裡聽到鈴聲，慢下來走著，接了起來。

「你好。」她沒看螢幕，不知道是誰。

『以然？我是梅姨。』保姆的聲音傳來，林以然下意識停下腳步。

「怎麼了姨？」

保姆那裡有林以然和邱行的電話，但她從沒打過。林以然第一次接到她的電話，心裡不由得一緊。

保姆于梅聲音很小，捂著話筒說：『以然，我不知道該怎麼辦，方姐不讓我打電話給你們兩個，可我實在擔心。』

林以然微微皺起眉，問：「怎麼了？」

『這些天方姐很不好，整夜睡不著，她自己去開了藥，吃了又一直睡。她有時哭有時說胡話，我從來沒見她這樣過。她這個精神……精神不太好了，又不讓我說。』保姆在陽臺聲音裡帶點喘，可能是在陽臺偷偷打電話有些緊張，她接著說：『這兩天晚上我都不敢走，我怕她自己在家裡不行。』

「怎麼突然這樣了？」林以然心沉了下去。

『哎喲，妳聽我說。』于梅重重地嘆了口氣，心有餘悸地說：『上週我們兩個去市場買菜嘛，她說想吃菜角，我們去買韭菜。市場新來的一個女人，之前沒見過。她一直盯著方姐看，那個眼神直勾勾的，嚇人的喲。我當時看她就覺得害怕，拉著方姐要走，那個女人突然把一袋豌豆砸在方姐頭上，喊「殺人犯」，罵了很多難聽的，我帶著方姐趕緊走了！』

林以然擰著眉問：「怎麼不早點告訴我們呢？」

『方姐不讓我說，說了好多好多遍不能告訴你們。』于梅聲音裡帶了哽咽，『但我太害怕了，我怕她精神好不起來。』

「我後天回去，姨妳好好陪著她。」林以然說：「我回去再說。」

『好好，妳先不要告訴小邱啊，以然，我怕小邱回來要去打架！』于梅慌慌張張地說：『而且他先不要回來，方姐說清醒不清醒，說糊塗不糊塗，我怕小邱回來她見了要受刺激。』

「嗯，我知道了。」林以然又說了一次，「我後天回來。」

林以然答應了不告訴邱行，卻轉頭就打了電話給邱行。

她有事並不瞞著邱行，何況這是邱行媽媽的事，沒有道理瞞著他。

但林以然沒有提到「殺人犯」這些，只說方姨買菜和別人發生了衝突，有點刺激到了。

「你別急著回去，」林以然和他說：「我先回去看看。」

邱行質疑地問：『她和別人吵架？』

林以然抿了抿唇，說：「梅姨沒有細說。」

邱行媽媽一直是個很溫柔的人，慢聲細語，從不和人起爭執，為了買菜和人吵架發生在她身上可能性很小。

『我跟妳一起回。』邱行說。

邱行不能先於林以然回去，如果方姨真的狀態不好，看見邱行只會更加刺激她。她不能接受二十幾歲的邱行，這不是她的兒子。

她的兒子還在讀高中，沒有上大學，更不可能在開貨車，或者修車。

「好，你別擔心。」林以然安慰他說。

邱行『嗯』了聲。

林以然回了宿舍第一時間就是訂票，她訂了後天的高鐵票，經濟座已經沒有了，她訂了張商務座。林以然從上大學開始，自己坐車時還沒買過商務座的票，覺得貴。倒是邱行幫她訂過兩次，林以然自己又退了，換成經濟座。

邱行給她很多錢，媽媽留了很多錢給她，她自己也有稿費和獎學金，林以然並不拮据，可她還是捨不得花很多錢。邱行嫌她過得緊缺，所以經常轉錢過來，這也改變不了林以然的消費觀。

這次訂商務座的票林以然卻眼都不眨，毫不心疼。

可這張票林以然沒能坐上，她甚至連最後那一門考試也沒考成。

保姆于梅第二天中午打電話來，在電話裡哭喊著說：『以然？妳方姨瘋了呀！怎麼辦啊！她一直在叫，還吐了！我攔不住她，這怎麼辦啊？』

如果不是慌到不行了，于梅不至於在電話裡說方姨瘋了。這種字眼她們平時都不用的，最多只是說她病了。

林以然手裡的筆在紙上畫出不安穩的一道，扔了筆，站起來出了自習室，急急地問：「怎麼了？」

『那女人剛才在社區外面喊，說殺人犯一家都要下地獄！喊邱行爸爸的名字，說他是索命鬼！』于梅哭著喊，『你們趕快回來吧！我實在害怕啊！這怎麼辦哪！』

「那人呢？還在樓下？」林以然問。

『被保全拖出去了！』于梅哭著說。

林以然在電話裡能聽到方姨在喊叫，她心如刀絞。

「妳打電話給安寧醫院，讓他們派車來接。」林以然閉了閉眼睛，雖然聲音顫抖，語氣卻鎮定地說：「跟他們說發作時症狀很重，要帶鎮靜劑，家裡沒有藥。把家裡的菜刀、剪刀這些都收起來。」

『我害怕啊以然，會不會出事啊！』于梅慌張地問。

「別害怕，妳現在就打電話。」林以然和她說：「我馬上回來。」

林以然掛了電話把東西收拾了跑回宿舍，迅速裝了行李箱，搭車直奔高鐵站。

她在車上買了最近的一班高鐵，只能買站票。林以然心一直沒有靜下來，她耳邊是剛才電話裡方姨的尖叫聲，刺得她耳朵痛，心也痛。

方姨以前哪怕發作也不是這樣的，她只是陷在過去，會咕咕噥噥地說糊塗話，雖然她最初的症狀林以然沒有見到，但邱行說她並不激烈，也不尖銳，她只是不能接受現實。

林以然的心如同墜進深海裡，她感到對這個世界深深的無力感，可又不得不充滿力量。

她仍然沒有瞞著邱行，儘管邱行現在並不適合回去。可那是他的媽媽，沒有任何人有資格瞞著他，邱行應該在第一時間瞭解情況。

邱行打斷她，說：『我現在回家，妳回去考試。』

林以然說：「她這次很嚴重，你自己回去不行，我……」

『妳明天回。』邱行語速很快，聽起來卻沒有特別慌，只是聲音很沉。

「我不考了，我馬上到車站。」林以然說：「我已經跟老師請了假，下學期可以補考。」

『林以然。』邱行聲音沉沉的冷冷的，警告地叫了她一聲。

林以然也執拗起來，擰著眉重複了一次：「我不考。」

她說完這句把電話掛了，邱行沒再打過來，他應該在跟保姆打電話。

在車站候車時，林以然指尖還在隱隱地發抖。

剛才邱行在電話裡那麼沉穩，哪怕知道他媽媽狀態很差，卻依然算得上冷靜，也不失態。

林以然知道他或許能夠處理好一切問題，他是沒日沒夜睡在車上跑在路上的邱行，是九十萬的債不到三年就還清的邱行，是彷彿無所不能的邱行。

可林以然還是沒猶豫地要回去。

她放不下這樣的方姨，怕邱行見不了方姨的面，怕情況變得更糟。

除此之外，她也想要陪著邱行。

想陪的並不是現在處變不驚的邱行，而是他心裡那個十九歲的邱行。

# 第十二章　囚徒

林以然從車站出來，拖著她的行李箱直接去了安寧醫院。

保姆于梅坐在走廊，見她過來了，跑過來攥住她的手，看起來嚇壞了。

「妳終於回來了，以然啊。」她兩隻手握著林以然的手，眼睛通紅，「我嚇死了，我怕再出什麼事我跟你們無法交代啊！」

林以然另外一隻手拍了拍她肩膀，說：「沒事，姨。」

「妳不知道，妳方姨發病的時候好嚇人！還一直吐！我哪見過這些呀……她眼睛都直勾勾的！」于梅還沒從之前的驚嚇中回過神來。

林以然說：「我先看看她。」

「睡著呢，醫生打了針。」于梅跟在她後面說。

林以然推開病房進去，方姨安靜地睡著。頭髮很亂，衣服也皺巴巴的，有一片片的髒汙。

方姨愛乾淨，任何時候都整齊體面，哪有這麼狼狽的時候。

林以然鼻子一酸，轉開臉深深地吸了口氣。

之前方姨說再也不想住院了，人住在醫院裡，哪怕身體好好的，也會覺得自己不健康，不是正常人。

可她現在這樣肯定是要住院的，甚至要住不短的時間。

等她醒了是什麼狀態暫時還不知道，林以然現在不奢望她醒來能恢復到之前的樣子，只希望不要特別嚴重。

精神類疾病並不好治，治療過程漫長而痛苦。方姨自己和邱行都不是特別悲觀的人，他們能夠接受她生病這件事，如果只是像之前那樣時而清醒時而糊塗，邱行會選擇繼續保守治療，不吃特別傷身體的藥，讓她自己慢慢恢復。

可如果像今天這樣，嘔吐、焦慮、狂躁，那就不得不治。那些電痙攣治療、神經刺激、經顱磁刺激等等，不到萬不得已邱行不會對她用。

林以然讓于梅回去收拾點方姨的衣服和用品過來，于梅眼神有些猶豫，問：「以然，我們一起去吧？」

「要留個人在這，不然方姨醒了只有她自己。」林以然說。

「我還有點怕……妳別怪姨，姨心裡不踏實。」于梅今天確實嚇到了，現在讓她自己回去收拾東西她不太敢，既害怕那女人還在社區附近，也莫名不敢回那房子，一進去就是方閔喊叫的樣子。她畢竟只是個沒經歷過很多事的婦女，心理承受度有限。

「那妳在這陪著她，我回去收拾。」林以然和她說：「有事就打電話給我。」

「好，好。」于梅一連聲地答應。

林以然想了想說：「算了，姨，妳跟我一起回去吧。」

其實于梅自己留在精神病院也害怕，這是個正常人不想來的地方，尤其現在馬上要天黑了，她心裡更沒把握。

林以然傳訊息給邱行，把病房號給了他。

走前還跟護理師交代了，說自己很快回來，如果中間患者醒了就告訴她家屬回家取衣服了。

護理師不是林以然之前見過的，可能是新來的，態度也很好。

林以然告訴于梅直接回家就行了，好好休息，這幾天不用她過來。于梅也沒多說，心裡的確已經不想幹了。

社區是個不算新的社區，不過綠化和設施都不錯，社區也不是很大，只有幾棟。

林以然出了電梯，手上拿著于梅給的鑰匙，正準備開門，一抬頭動作猛地一停，呼吸停滯。

——門上貼著十幾張紙，都是列印出來的照片，一張張全是火災現場的慘狀。有的是火正在燃燒，烏黑的濃煙滾滾升上半空，有的是火熄滅以後漆黑一片的廠房，甚至隱約能看到一具焦黑的屍體。

電梯門在身後緩緩合上，林以然定住腳步，怔在原地。

驟然看到這些照片，一幕幕彷若人間煉獄。林以然呼吸困難，喉嚨像是被堵住了，眼前的一切讓她指尖禁不住顫抖。

很多情緒在一瞬間朝她裹挾而來，把她捆束在這方寸走廊裡，動彈不得。

其實林以然在今天，甚至從昨晚接到于梅的電話開始，心裡隱隱是有些怨的。她擔心方姨，也擔心邱行，直至今天見到打過鎮靜劑後沉睡的方姨，她心裡的情緒始終是負面的。她責怪那個賣菜的女人，覺得對方不該口出惡言，不該將槍口指向一個精神障礙者，打破別人家難得換來的平靜生活。

可此刻站在門口，林以然卻突然接受了對方的恨，地獄景象就在眼前，林以然倏忽直觀地理解了邱行當時對賠償金額全盤接受，絕不還口。

邱行從沒有說過他爸沒錯，他最多只跟親近的人說「我爸不是故意的」。邱叔叔固然不是故意的，他只是對自己的經驗太自信了，他決不是故意害人。可這些照片無一不昭示著他的罪孽深重。

這些破碎了的家庭、死了的人，是邱行無論怎麼還債都還不回來的。

林以然好半天才有了動作，她顫抖著走上前，閉著眼睛一張張撕下那些紙。這麼近的距離下她甚至不敢睜眼，渾身發冷。

雙面膠在門上留下一條條膠痕，像亂刀砍出來的一道道凌亂的刀痕，也像瘡疤。

她收拾好東西回到醫院時，邱行已經回來了。

邱行在走廊倚牆站著，聽見腳步聲，朝她看過來。

「方姨醒了嗎？」林以然走過來，她聲音裡有著不明顯的顫音，輕聲問。

邱行說：「醒了。」

「怎麼樣？」林以然抬眼看他，眼睛裡有紅血絲，不像平時那麼清亮，顯得憔悴。

「不能見我。」邱行說。

他的表情看起來像是無奈，並不意外，這在他們預料之中。邱行看著林以然的眼神還有些沉，可能因為林以然執意回來，不參加明天的考試。

邱行長得像他爸，而且隨著年齡的增長，只會越來越像。

在方姨病著的時候，邱行這張臉會一次次讓她想到年輕和她戀愛時的邱養正。這些錯亂的時空記憶讓她懷疑自己，也不相信周圍的一切，任何人都讓她覺得害怕。

她只想看到快到五十歲的邱養正，和十八九歲的邱行。她想要把自己留在那個時間，所以除此之外任何年紀的邱行，都讓她無法接受。

林以然推開門，方姨仍然在床上躺著，面朝著窗戶，背對著門。床頭櫃子上放著護理師剛才過來分的藥。

「方姨。」林以然聲音輕輕的，試探著叫她。

她仍只躺著，並不吭聲。

「睡啦？」林以然走進去，慢慢地繞過床。

方姨睜著眼睛，目光呆滯，看起來還是很睏倦。

「我們換個衣服吧？」林以然緩緩地蹲在她的床邊，看著她的眼睛，語調輕緩，「換套衣服舒服點。」

「好。」方姨說。

「那我們坐起來？」林以然握著她的手，哄著說：「換完衣服再躺下。」

可能是打了鎮靜劑的關係，方姨表現得很遲鈍，過了幾秒才有動作，被林以然扶著坐了起來。

林以然幫著她換衣服，輕聲問她：「我是誰呢？」

方姨安靜地配合著，抬頭看向林以然，手撥了撥她垂下來的頭髮，聲音不大地說：「小船。」

「哎，對了，」林以然笑笑，「我是小船。」

方姨醒來後的狀態其實還好，比林以然想像的樂觀一些。她的情緒也不激動，沒那麼尖銳，只是很安靜，人看起來非常睏頓。

開放區住院部可以陪床，住單人房，這裡的基本都是輕症。重症大部分在封閉區，所以走廊裡還算安靜。

晚上林以然在病房陪護，她讓邱行回去睡，邱行說了「嗯」，卻沒有走，而是一直在走廊坐著，時不時去走廊盡頭的窗邊站一陣子。

夜裡林以然出來，放輕動作關上病房門，護理師抬眼看她，林以然對她笑笑。護理師指了指邱行，又擺了擺手，示意她讓邱行趕緊走，不讓在走廊裡待著。林以然點點頭，朝邱行走過去。

晚上有點涼，她裹了件薄襯衫，站在邱行旁邊。

「睡不著？」邱行問。

「睡不踏實。」林以然碰碰他手臂，說：「你跟我進去躺一下吧，方姨睡著了。」

邱行搖了搖頭：「不了，一醒更麻煩。」

邱行可能因為林以然缺考的事跟她還有些生氣，可現在病房裡也只有她照顧得到。這使得邱行的拒絕和生氣顯得立不住腳，並且冠冕堂皇，說再多隻顯得虛偽。

邱行只能沉默下來。

林以然挎上他的手腕，順勢抱住他的手臂。

邱行沒動，任她抱著。

林以然把臉貼在邱行的肩膀，閉了一下眼睛。她剛才只跟邱行說睡不踏實，實際上她根本半點也睡不著。她只要一閉眼，就能想到白天貼在門上的那些照片。並且那些圖片在她腦子裡自動轉化成影像，烈火把一切都燒成黑炭。

「邱行。」林以然輕聲叫他。

邱行應了聲「嗯」。

林以然閉著眼說：「我們幫方姨搬家吧？離開這裡。」

邱行垂眼看她，林以然抬起頭：「搬去我那裡，我不住宿舍了。」

「不。」邱行搖頭，看著窗外說：「妳過好妳的生活。」

「這也是我的生活。」林以然微微皺眉，望著他說。

「這是我的。」邱行神色淡淡的，「不是妳的。」

——《小船三年又三年》（上）完——

——敬請期待《小船三年又三年》（下）——

高寶書版集團
gobooks.com.tw

YH 211
**小船三年又三年（上）**

作　　者　二八樍
責任編輯　吳培禎
封面設計　單　宇
內頁排版　賴姵均
企　　劃　何嘉雯

發 行 人　朱凱蕾
出　　版　英屬維京群島商高寶國際有限公司台灣分公司
Global Group Holdings, Ltd.
地　　址　台北市內湖區洲子街88號3樓
網　　址　gobooks.com.tw
電　　話　(02) 27992788
電　　郵　readers@gobooks.com.tw（讀者服務部）
傳　　真　出版部(02) 27990909　行銷部(02) 27993088
郵政劃撥　19394552
戶　　名　英屬維京群島商高寶國際有限公司台灣分公司
發　　行　英屬維京群島商高寶國際有限公司台灣分公司
法律顧問　永然聯合法律事務所
初版日期　2025年08月

原著書名：《小船三年又三年》由北京晉江原創網絡科技有限公司授權出版。

國家圖書館出版品預行編目(CIP)資料

小船三年又三年 / 二八樍著. -- 初版. -- 臺北市：英屬維京群島商高寶國際有限公司臺灣分公司, 2025.08
冊；　公分. --

ISBN 978-626-402-318-4（上冊：平裝）. --
ISBN 978-626-402-319-1（下冊：平裝）. --
ISBN 978-626-402-320-7（全套：平裝）

857.7　　114010656